DER SCHUTZENGEL UND DAS BAND AUS ROSEN

Gestaltung des Covers: Der Autor

Herstellung Libri Books on Demand

ISBN 3-8311-0996-6

In Liebe und Dankbarkeit für Katja und *meine* Schutzengel

„Liebe ist ein Wort
des Lichtes,
geschrieben von einer
Hand des Lichtes,
auf einer Seite
des Lichtes."
(Khalil Gibran)

Diese Geschichte und ihre handelnden Personen
sind frei erfunden. Ähnlichkeiten mit lebenden
Personen sind zufällig, soweit es Zufälle gibt.

Gefühle und Gedanken kann man nicht erfinden.

Geschrieben nach herkömmlicher
Rechtschreibung.

PROLOG

Thomas Rose, der kurz Tom genannt wurde, saß auf einer Bank und starrte mit unbewegtem Blick auf das Wasser. Wenn er etwas wahrgenommen hätte, dann hätte er Enten und ein paar wenige Segelboote gesehen, die gemächlich ihre Bahnen zogen als wären sie in einer eigenen Welt. Was heißt als wären? Auf dem Wasser ist man in einer anderen Welt; jedenfalls der Mensch auf einem Schiff. Und für die Enten gilt das sowieso, daß sie sich in einer eigenen Welt befinden. Tom nahm überhaupt nichts wahr von dem was um ihn herum vor sich ging. Er bemerkte weder die Segler noch die Enten und auch den beginnenden Regen nicht. Es war ein trüber Tag während eines trüben Sommers, deshalb gab es keine Spaziergänger an diesem Nachmittag an der Alster, nur einige Jogger frönten ihrer Leidenschaft oder ihrer selbst auferlegten Pflicht und ein paar Hundebesitzer führten ihre Hunde aus. Tom starrte weiter geradeaus ohne irgend etwas zu sehen. Auch der stärker werdende Regen ließ ihn keine Anstalten machen sich in irgendeiner Form zu regen. Nach einer Weile kam ein Mann, weder ein Jogger, noch ein Hundebesitzer auf seine Bank zu und setzte sich neben ihn.

Obwohl es eine Reihe weiterer Bänke gab, die alle frei waren, setzte sich der Mann zu Tom und sah ebenfalls unverwandt auf das Wasser. Eine Zeit lang starrten sie gemeinsam geradeaus. Als Tom plötzlich das Gefühl hatte, daß er von dem Mann neben ihm angesehen wurde, obwohl dieser genauso unbeweglich in die Ferne sah wie er selbst, fragte er in leicht ärgerlichem Ton:

>>Warum sehen Sie mich so an?<<. Der Mann sah
weiter geradeaus und antwortete ohne zu zögern:
>>Weil ich denke, daß du auf mich gewartet
hast.<< Tom drehte sich verwundert zur Seite und
musterte den Fremden. Er kam ihm merkwürdig
vor. Ein völlig fremder Mensch setzte sich neben
ihn auf die Bank an einem verregneten Nachmittag
in diesem verregneten Sommer, begann ihn
anzustarren ohne ihn anzusehen und erdreistete
sich ihn auch noch mit einem vertraulichen *Du*
anzusprechen. >>Was fällt Ihnen...<<, begann er,
doch der Mann ließ ihn nicht ausreden, drehte sich
zu ihm um und das sanfte Lächeln, das Tom auf
dem Gesicht des Mannes sah, ließ ihn verstummen.
Etwas unheimliches war an diesem Mann, ohne
daß Tom sehen konnte, was es war. Es war wie
Zauberei. Dieses Lächeln ließ Toms Worte einfach
verschwinden. Äußerlich war an dem Mann nichts
ungewöhnliches. Er schien ein Mensch wie alle
anderen auch und doch war da etwas ganz
fremdartiges zu spüren.
Der Mann sah inzwischen wieder mit unbewegtem
Blick auf das Wasser und dieses Lächeln hielt an.
Obwohl er als eine sehr männliche Erscheinung zu
beschreiben war, gab ihm dieses Lächeln etwas
feminines. >>Warum meinen Sie, daß ich auf sie
gewartet habe? Ich kenne Sie nicht und ich habe
auf niemanden gewartet.<< Unbewegt sah der
Mann weiter lächelnd auf das Wasser und
antwortete nach einiger Zeit mit ruhiger, sanfter
Stimme: >>Du dachtest gerade über das Sterben
nach. deinen Wunsch zu sterben.<< „Woher
wissen Sie das?", fragte Tom erstaunt und seinem
Gesichtsausdruck war eine gewaltige Verwirrung
anzusehen. >>Ich weiß es. Woher spielt keine

Rolle<<, lautete die Antwort. >>Ja, es stimmt... ich
dachte gerade darüber nach, aber...<<. Lächelnd
sah der Fremde jetzt wieder Tom direkt an. Er sah
ihm solange in die Augen bis Tom den Blick nicht
mehr aushielt und seine Augen senkte. >>Also hast
du auf mich gewartet!<< >>Ich... ich... wer sind
Sie?<< Tom fühlte sich sehr unbehaglich. >>Der
Tod?<<, fragte er so leise, daß es fast nicht zu
hören war, um sich dann selbst zu antworten.
>>Nein, Unsinn, so ein Quatsch!<< Das Lächeln
im Gesicht des Fremden blieb. >>Nein, ich bin
nicht der Tod.<< Die Stimme des Fremden war so
ruhig wie vorher.
Tom dachte darüber nach, was und wieviel er
getrunken hatte, doch er konnte sich nicht daran
erinnern in den letzten Stunden etwas
Alkoholisches zu sich genommen zu haben.
Halluziniere ich? Bin ich verrückt?, fragte er sich
in Gedanken. >>Du bist nicht verrückt, du dachtest
über den Tod nach. In dir ist der Wunsch zu
sterben und deshalb bin ich hier.<< Der Fremde
schien seine Gedanken gelesen zu haben.
>>Wer zum Teufel sind Sie und was tun Sie
hier?>> Tom wollte, daß seine Stimme laut und
ärgerlich sein sollte, doch es war nur ein
stotterndes Flüstern, was er hervorbrachte.
>>Ich bin auf einer Reise zu den Sternen.<<
Jetzt weiß ich es. Das ist ein Verrückter, dachte
Tom. >>Aha, auf einer Reise zu den Sternen,
also...<< Sie schwiegen eine Weile, keiner von
beiden sah den anderen an. >>Und auf Ihrer Reise
zu den Sternen sehen Sie mal in Hamburg vorbei
und lesen in den Gedanken anderer Menschen?<<

Tom gab seiner Stimme einen ironischen Klang.
Die Erklärung, daß dieser Fremde ein Verrückter
ist, hatte ihn Sicherheit gewinnen lassen.
Der Fremde schien die Ironie in seinem Ton nicht
wahrzunehmen. Seine ruhige, sanfte Stimme und
das eigenartige Lächeln auf seinem Gesicht blieben
unverändert. >>Ja, man kann das so sagen. Ich
werde hier gerade gebraucht<<.
Schon war die gerade erlangte Sicherheit wieder
verschwunden. Tom wollte aufstehen und gehen.
Diesen Verrückten sich selbst überlassen, doch
etwas hielt ihn zurück. Es war eine Art Lähmung
oder fester Griff am Arm, der ihn festhielt.
>>Warum willst du sterben?<<, fragte der Fremde.
>>Weil..., weil...<<, fing Tom an stotternd zu
antworten. >>Was geht Sie das an?<< >>Sehr
viel<<, lautete die Antwort.
Der Fremde machte einige merkwürdig anmutende
Bewegungen mit den Händen und kurz darauf
hörte der Regen auf. Tom wunderte sich nicht über
die Bewegungen seiner Hände. An diesem
komischen Fremden wunderte ihn nichts mehr und
da er den Regen vorher nicht wahrgenommen
hatte, bemerkte er auch nicht, daß er jetzt aufhörte.
>>Es ist für dich noch nicht die Zeit zum
Sterben<<, sagte der Fremde, stand auf und ging
ohne sich umzudrehen.
Tom blieb sitzen, sein Mund stand weit offen, als
wolle er sprechen und könne nicht. Er sah dem
unheimlichen Fremden noch eine lange Zeit nach,
auch als dieser längst aus seinem Blickfeld
verschwunden war.

1.Teil – Das Band der Rosen

1

Mein Name ist Tom Rose. Ich bin völlig normal und kerngesund, murmelte ich vor mich hin als ich mich auf den Weg zu mir nach Hause machte. Ich lief die Alster entlang Richtung Bahnhof Jungfernstieg und fühlte mich von dieser unheimlichen Begegnung sehr benommen.
Am Bahnhof, als ich auf die S-Bahn wartete, sprach ich immer noch mit mir selbst und achtete nicht auf die Leute, die mich entweder mit einem schiefen Grinsen oder einem scheinbar wissenden Lächeln ansahen. Andere registrierten mein vor mich hin reden zwar, dachten sich aber wohl nichts weiter dabei. Auf Bahnhöfen in den Zentren großer Städte gibt es kaum auffällige Erscheinungen. Sie gehören einfach dazu. Zwischen all den „normalen" Menschen sieht man Junkies, Bettler, Stricher und Verrückte. Die am Rand der Gesellschaft stehenden oder besser liegenden gehören zum Bild der Bahnhöfe. Man nimmt sie meistens nicht wahr. Wenn doch, macht man einen Bogen um sie. Nicht beabsichtigt, es ist ganz instinktiv. Von innen kommt eine Stimme die sagt: >>Ich bin hier im Leben und du dort am Rand. Komm mir nicht zu nah!<< Nur wenn die Ordnungsdienste oder die Polizei sich um diese gescheiterten Existenzen kümmern muß, und es zu lautstarken Tumulten kommt, nimmt man diese Gestalten bewußter wahr, wenn auch nur für kurze Zeit, um sie dann gleich wieder zu vergessen und zum Tagesgeschäft überzugehen.
Auch diese Bilder gehören zu dem was der unaufhaltsam fortschreitenden Zeit zum Opfer

fällt. Man sieht kurz hin, schüttelt den Kopf und zieht weiter seine Bahnen.

Ich nehme bei Fahrten in Hamburgs Innenstadt immer die S-Bahn, was mir den Ärger und Streß des Großstadtverkehrs erspart, deshalb bin ich Bahnhöfe und die zu ihnen gehörenden Bilder gewohnt und mache mir normalerweise keine Gedanken drüber. Es ist Alltag. Der scheinbar immer gleiche, sich täglich wiederholende Trott durch den man geht ohne näher hinzusehen.

Während der eine viertel Stunde dauernden Fahrt mit der S-Bahn zu mir nach Hause versuchte ich meine Gedanken zu ordnen, doch es gelang mir nicht.

Der Satz, daß es für mich noch nicht Zeit zum Sterben wäre und dieser fremde Mann, der meine Gedanken lesen konnte und von dem ich plötzlich das Gefühl bekam, er würde mich schon mein Leben lang kennen und mich beobachten oder begleiten, kreisten in meinem Kopf.

Vor wenigen Stunden schien mir noch alles klar und einfach. Ich hatte einen Entschluß gefaßt und es fehlte nur noch ein ganz kleiner Schritt zur Umsetzung dieses Entschlusses. Da tauchte aus dem Nichts dieser Mann auf und es war alles anders.

Ich versuchte mir sein Bild ins Gedächtnis zurückzurufen, das heißt ein vollständiges Bild, doch außer seinem Gesicht mit diesem eigenartigem Lächeln, bekam ich es nicht mehr zusammen.

Immer wieder hämmerte der Satz mit dem er gegangen war in meinem Kopf, wie ein unauslöschliches Echo. >>Es ist für dich noch nicht die Zeit zum Sterben.<< Ständig wiederholte sich dieser Satz mit der sanften Stimme des Fremden.

Die Stimme. Es war eine sehr angenehme, ruhige, leise Stimme und mir schien es, als läge dieses Lächeln, welches ich auf seinem Gesicht gesehen hatte auch in der Stimme. Wer war dieser Mann? Was war dieser Mann?

Als ich zu Hause ankam wußte ich nicht richtig, wie ich dort hin gekommen war. Mein Zustand glich dem eines Betrunkenen.

Ich betrat die Wohnung und sah mich um. Sie kam mir von Tag zu Tag leerer vor. Alle Gegenstände waren da und doch nicht da. Es war als hätten sie ihren Geist verloren seit Andrea weg war. Ich sah durch alles hindurch und hatte das Gefühl, daß ich auch durch alles hindurch hätte gehen können. Überall schien sich meine innere Leere zu spiegeln.

Das Ritual wenn ich nach Hause kam war immer das gleiche. Ich sah mich um, stellte die Leere fest, entledigte mich meiner Jacke, die ich über den Stuhl neben dem Telefontisch warf und sah nach dem Anrufbeantworter.

Jedesmal kämpfte ich erfolglos gegen die sinnlose Hoffnung an, daß Andrea angerufen hätte. Ich wußte genau, daß sie nicht angerufen hatte, daß sie nicht anrufen würde und doch war diese Hoffnung nicht weg zu bekommen, so sehr sich auch mein Gehirn bemühte mir zu sagen, wie vergeblich es ist, auf ihren Anruf oder auf mehr zu warten.

Die Lampe des Anrufbeantworters zeigte an, daß Nachrichten eingegangen waren. Es interessierte mich nicht, wer angerufen hatte und doch würde ich gleich mechanisch auf den Knopf drücken um die Nachrichten abzuhören.

Ich zögerte, wie immer, einen Moment, warf einen
traurigen Blick auf das Bild neben dem Telefon,
das Andreas strahlendes Gesicht zeigte und war
wieder mal versucht es zu nehmen und gegen die
Wand zu werfen, doch immer wenn ich daran
dachte, hielt mich etwas zurück. Ich kann nicht
sagen, was es war.
Danach fiel mein Blick auf eine meiner
Visitenkarten. *Thomas Rose, Kaufmann* stand
darauf und unter dem Namen und dem Beruf die
Geschäftsadresse mit den dazugehörigen
Telefonnummern und der E-Mail-Adresse.
Thomas Rose, Kaufmann, las ich mir selbst laut
vor. Das hatte ich in den letzten Tagen oft getan
ohne zu wissen warum. Wahrscheinlich weil es so
vielsagend nichtssagend war, dieses *Thomas Rose,
Kaufmann*. Vielleicht wollte ich versuchen dem
irgendeine Bedeutung, einen Inhalt zu geben.
Ich drückte die Taste des Anrufbeantworters und
nach einer kurzen Pause kam Brittas Stimme aus
dem kleinen Lautsprecher: >>Hallo Tom, hier ist
Britta. Wir würden dich gern sehen. Melde dich
bitte.<<
Dann folgte eine Nachricht von meinem Partner im
Geschäft. >>Wann beendest Du deinen Urlaub?
Sag mir bitte Bescheid. Wir müssen die
Vorgehensweise in der Sache mit...<<. Er redete
noch weiter von geschäftlichen Dingen, doch zu
mir drang nur ein unverständlicher Brei von
Worten durch. Abwesend sah ich auf Andreas Bild
und kritzelte etwas auf den Notizblock neben dem
Telefon.
Es dauerte einige Minuten bis ich las, was ich
automatisch geschrieben hatte.

Es war der Satz des unheimlichen Fremden: *Es ist für Dich noch nicht die Zeit zum Sterben*, stand dort in einer Schrift, die mir fremd vorkam. Als hätte nicht ich diesen Satz geschrieben, sondern jemand anders.

Ich sah den Zettel lange an, zerknüllte ihn, warf ihn in Richtung des Papierkorbs im Flur, traf daneben und kümmerte mich nicht weiter darum. Danach wählte ich mechanisch Brittas Nummer und verabredete mich für den folgenden Abend zum Essen mit ihr und Stefan, obwohl ich keine Lust hatte. Es war als gäbe es zwei von mir. Einen, der völlig ohne eigenen Willen handelte und einen, der ihm dabei zusah.

Ich ging ins Wohnzimmer, setzte mich an meinen Schreibtisch, zog eine Schublade auf und sah die geladene Pistole.

Weil wir im Geschäft oft mit größeren Mengen Bargeld zu tun hatten, hatten mein Partner und ich vor einiger Zeit beschlossen uns jeder zu unserer Sicherheit einen Waffenschein und eine Pistole zu besorgen. Meine lag meistens bei mir zu Hause in der Schreibtischschublade und ich nahm sie nur an mich, wenn es mein Sicherheitsbedürfnis erforderte.

Während ich die Pistole ansah entstand vor meinen Augen ein Bild: Ein dunkler Himmel in einer sternklaren Nacht und inmitten der funkelnden Sterne das lächelnde Gesicht des Fremden vom Nachmittag.

Was hatte er gesagt? Er sei auf einer Reise zu den Sternen. Ich wurde die Erinnerung an die Begegnung vom Nachmittag nicht los.

Kopfschüttelnd schloß ich die Schublade mit der Pistole und ging mit weichen Knien ins Bad. Mir

war immer noch als sei ich betrunken. Ich
entkleidete mich, warf die Wäschestücke auf einen
bereits vorhandenen Haufen und gönnte mir eine
heiße Dusche.
Ich hoffte, daß das heiße Wasser mir einen klaren
Kopf machen würde.
Hinterher fühlte ich mich wohler. Mein Kopf war
zwar nicht viel klarer geworden, aber die Knie
waren nicht mehr so weich.
Ich zog einen Bademantel an, machte eine CD mit
klassischer Musik an, legte mich auf die Couch
und schloß die Augen.
In meinem Kopf tanzten Bilder ungeordnet herum.
Andrea, das Gesicht des Fremden vom Nachmittag
und die geladene Pistole in meiner
Schreibtischschublade. Sie tanzten
zusammenhanglos vor meinen Augen und ein
weiteres Bild kam hinzu. Es war ein undeutliches,
verschwommenes Bild einer mir fremden Frau. So
undeutlich, daß ich nur schwache Konturen ihres
Gesichts erkennen konnte. Nach einer Weile
schlief ich auf der Couch ein.
*
Zur gleichen Zeit als Thomas Rose einschlief
betrat der fremde Mann, dem er am Nachmittag
begegnet war, eine Kneipe in der Nähe des
Hamburger Hauptbahnhofs, sah sich kurz um,
setzte sich an einen der leeren Tische und bestellte
quer durch den Raum beim Wirt ein Bier, wobei er
seine Stimme kaum anheben mußte um deutlich
genug gehört werden zu können.
Auf seinem Gesicht lag immer noch das sanfte
Lächeln, das Tom am Nachmittag gesehen hatte.
Er trank sein Bier langsam und sah zu einem
anderen Tisch, an dem eine dunkelhaarige, etwa

vierzig Jahre alte Frau saß, traurig vor sich hin
starrte und dieses Starren nur gelegentlich
unterbrach um von dem Wein zu trinken, der in
einem glanzlosen Glas vor ihr stand. Als sie den
Blick des Fremden bemerkte, sah sie kurz auf,
nickte kaum merklich und wechselte dann wieder
zu ihrem traurigen Blick ins Leere.
Außer der Frau und dem Fremden war neben dem
Wirt nur noch ein weiterer Gast anwesend. Ein
Mann, der am Tresen saß und in schnellen, kurzen
Zügen Bier trank und ein weiteres bestellte, bevor
das Glas leer war. Laute Musik spielte, von der
man nicht sehen konnte woher sie kam. Sie war so
laut, daß keine der vier Personen in der Kneipe sie
wirklich hörte.
Der Blick des Fremden ruhte unverwandt auf der
Frau vor ihrem Wein, die ihn aber nicht bemerkte
oder über ihn hinwegsah. Sie war Blicke von
Männern gewohnt, wenn sie allein in einem Lokal
saß, und hatte gelernt über sie hinwegzusehen. .
Ein indischer oder pakistanischer Rosenverkäufer
betrat die Kneipe. Der Erste von einigen, die an
diesem Abend noch folgen würden, wie jeden
Abend in den Kneipen und Restaurants der Stadt.
Der Rosenverkäufer bot zuerst dem Mann am
Tresen seine Rosen an, der lallte ihm etwas
unverständliches entgegen, dann ging er zu der
Frau, die kurz aufsah und den Kopf schüttelte,
dann zu dem Fremden. Der kaufte ihm drei Rosen,
zwei rote und eine weiße.
Er zahlte mit einem 50-Mark-Schein und als der
Rosenverkäufer ihm das Wechselgeld geben wollte
machte er eine abwehrende Handbewegung und
schüttelte den Kopf. Der Rosenverkäufer sah ihn
erstaunt an und deutete ihm die restlichen Rosen

an, doch der Fremde schüttelte wieder den Kopf.
>>Es ist in Ordnung so.<<
Der Wirt und die Frau waren aufmerksam
geworden und verfolgten die Szene zwischen dem
Rosenverkäufer und dem Fremden, der nach wie
vor nur Augen für die Frau hatte.
Der Rosenverkäufer steckte den Geldschein ein,
sah sich noch einmal unsicher um und verließ die
Kneipe.
>> Geld hat keine Bedeutung<<, sagte der Fremde
an niemanden gerichtet.
Der Wirt schüttelte den Kopf und wischte flüchtig
Gläser, die Frau kehrte zu ihrem traurigen Blick
zurück und der Mann am Tresen lallte wieder
etwas unverständliches.
Der Fremde stand auf, ging zum Tresen und fragte
den Wirt nach einer Vase, worauf ihn dieser erst
irritiert ansah und ihm eine schmutzige Vase aus
Glas reichte, die er unter dem Tresen hervorholte.
>>Würden Sie bitte etwas Wasser in die Vase
geben?<<, bat der Fremde und der Wirt hielt die
Vase unter einen Wasserhahn bis sie ausreichend
gefüllt war. Der Fremde holte einen zerknitterten
10-Mark-Schein aus seiner Hosentasche, legte ihn
auf den Tresen und sagte: >>Stimmt so.<<
Dann stellte er zwei der drei Rosen, die weiße und
eine der beiden roten, in die Vase und ging damit
zu der Frau. Er stellte die Vase auf den Tisch.
>>Eine ist das Leben, eine die Liebe.<< Die Frau
sah ihn an und fing an zu lachen, doch es war kein
fröhliches Lachen. Es war ein zynisches,
verbittertes Lachen. Der Fremde ließ sich von
ihrem Lachen nicht irritieren. >>Leben ist, Liebe
ist. Leben wird sein, Liebe wird sein.<< Er drehte

sich um und verließ mit der zweiten roten Rose die
Kneipe.

Der Wirt sah ihm nach, schüttelte den Kopf und
ging wieder zu seinen Gläsern über. Die Frau
lachte erneut ihr verbittertes Lachen und
wiederholte laut die Worte. >>Leben ist, Liebe ist.
Leben wird sein, Liebe wird sein. So ein
Schwachsinn.<<

Plötzlich drehte sich der Betrunkene am Tresen
um, sah die Frau an und sagte mit einer nun klaren
Stimme: >>Gott war hier.<< Die Frau hörte auf zu
lachen. Der Wirt und die Frau sahen eine Weile
den Betrunkenen an, dann wiederholte der Wirt die
Worte: >>Gott war hier.<< Du bist so betrunken
wie noch nie.>> Auch der Wirt mußte jetzt lachen.
Der Betrunkene stand mit unsicheren Beinen auf,
sah vom Wirt zur Frau, und wiederholte es mit
ernstem Gesicht. >>Gott war hier! Gott war hier!
Gott war hier!<< Dann zog er sein Portemonnaie
aus der Hosentasche, nahm einen Geldschein, den
er auf den Tisch legte und sagte: >>Stimmt so<<,
wobei er den Tonfall des Fremden nachzumachen
versuchte und ging, immer noch vor sich hin
redend: >>Gott war hier<<, wie eine Schallplatte
mit einem Sprung.

Nach dem die Frau und der Wirt zu lachen
aufgehört hatten sahen sie sich an und schüttelten
übereinstimmend die Köpfe. Dann stand die Frau
auf, bezahlte ihren Wein und verließ
ebenfalls die Kneipe.

Der Wirt verabschiedete sie mit den Worten:
>>Gehen Sie mit Gott!<<, und grinste dabei
sarkastisch. Wenig später kehrte sie zurück, ging
auf ihren Tisch zu, nahm die rote Rose aus der

Vase, sah den Wirt an, zuckte mit den Schultern
und ging.

2

Ich wachte sehr früh am Morgen des nächsten
Tages auf. Mein Rücken schmerzte von der
unbequemen Couch und ich wurde nur ganz
langsam richtig wach. Draußen hatten die Vögel
begonnen zu singen und ich hörte ihrem Gesang
eine Weile zu. Normalerweise war ich so früh
nicht wach und wußte nicht wie intensiv der
Gesang der Vögel war. In einer Großstadt verliert
man für die Natur leicht den Blick und das Gehör.
Ich schloß die Augen wieder und vor mir entstand
ein Bild von einem bunten Feld voller bunter
Blumen. Eine eigenartige Fröhlichkeit stieg in mir
hoch und ich fing an zu pfeifen.
Irgendwann wunderte ich mich über mich selbst.
Ich erinnerte mich an die Pistole in der
Schreibtischschublade. Gestern war ich noch fest
entschlossen meinem Leben ein Ende zu setzen
und an diesem Morgen pfiff ich zusammen mit den
Vögeln ein Lied, während von irgendwoher ein
Bild von Blumen über dem eine strahlende Sonne
schien, sich vor meinen Augen festsetzte.
Ich zündete mir eine Zigarette an und wie immer
wenn ich auf nüchternen Magen rauchte, bekam
ich einen gräßlichen Geschmack in meinem Mund.
Ich schüttelte mich und ignorierte ihn.
Nach einigen Zügen mußte ich an die gestrige
Begegnung mit dem Fremden denken. Wer war
dieser Mann? Was bedeutete es, daß er mir
ausgerechnet gestern begegnete, in jenen Stunden
als ich im Geiste vom Leben Abschied nahm?
Das Wort *Schutzengel* kam mir in den Sinn. Erst
mußte ich lachen weil es mir albern vorkam, doch
schon nach kurzer Zeit hörte ich auf zu lachen.
Schutzengel? Ich sah nach oben. Ich und ein

Schutzengel? Ich, der ich nie an etwas da oben oder gar an jemanden dort oben geglaubt habe? Außerdem hatte dieser Mann ganz und gar wie ein normaler Mensch ausgesehen. Abgesehen von diesem außergewöhnlichen Lächeln und seiner Fähigkeit in meinen Gedanken lesen zu können war nichts unnormales an ihm.
Schutzengel. Lautlos formten meine Lippen das Wort.
Ich drückte die Zigarette im überfüllten Aschenbecher aus und ging in die Küche, wo ich mir einen sehr starken Kaffee kochte. Danach ging ich auf den Balkon und atmete die Luft ein. Sie schmeckte und roch wie selten in diesem Sommer, nämlich nach einem wirklichen Sommer.
Es dauerte einige Zeit bis ich merkte, wie verwunderlich es war, daß ich die Luft roch und schmeckte. Es mußte Jahre her sein, daß ich wußte, daß man Luft riechen und schmecken konnte. Welche Verwandlung ging da in mir vor? Mir kam es vor als würde sich etwas fremdes meiner bemächtigen. Ich ging zurück in die Wohnung in die Küche, wo ich mir den heißen Kaffee in einen Becher goß.
Ich war jetzt sehr wach und fühlte mich wie neu geboren. Während ich meinen schwarzen Kaffee trank fiel mir auf, daß erstmals seit Tagen nicht Andrea mein erster Gedanke war. Heute morgen hatte ich nicht die Leere in der Wohnung festgestellt, hatte sie nicht instinktiv gesucht, wie an all den Tagen zuvor.
Ich pfiff noch immer vor mich hin, schräg und ohne eine richtige Melodie, aber ich pfiff und setzte mich an den Küchentisch, aß etwas Toast zum Kaffee und fühlte mich seltsam gelöst. Es war

eine Art Gefühl von Freiheit. >>Mein Name ist Thomas Rose und ich bin frei<<, sprach ich vor mich hin, als wollte ich mich vergewissern, wer ich bin; daß ich auch wirklich ich selbst bin. Als ich mich in der Küche umsah mußte ich feststellen, daß ich in den letzten Tagen ein ziemliches Chaos angerichtet hatte. Ich hatte mich um nichts gekümmert, nicht aufgeräumt und nicht abgespült. In der Küche türmten sich Berge von schmutzigem Geschirr. Wozu hätte ich auch aufräumen und abspülen sollen? Mein Entschluß stand fest und welchen Sinn hätte dann diese Anstrengung noch gemacht?
Ich nahm mir vor aufzuräumen und den Müll der letzten Tage zu beseitigen, doch zuerst zog es mich in den Park. Ich beendete mein Frühstück, duschte, zog mich an und verließ meine Wohnung.
Es befand sich ein kleiner, sehr schöner Park in unmittelbarer Nähe meiner Wohnung.
Fünf Minuten nachdem ich meine Wohnung verlassen hatte lag ich auf einer Wiese, achtete auf die Geräusche im Park und sog seine Gerüche ein. Ich fühlte mich wie ein Kind auf seiner Entdeckungsreise des Lebens. *Schutzengel, Wiedergeburt.* Leicht verlegen sah ich in den hellblauen Himmel, bevor ich mich auf der Wiese hin und her zu wälzen begann. Ich rollte mich hin und her und konnte von dem Geruch der Erde nicht genug bekommen. Es war ein Rausch.
Abwechselnd lag ich auf dem Bauch um an der Erde zu riechen und auf dem Rücken um in den Himmel zu sehen. Dann fing ich an Purzelbäume zu schlagen und mußte dabei heftig lachen.
Ein Spaziergänger, der seinen Hund ausführte beobachtete mich. Ich weiß nicht wie lange er mir

zugesehen hatte und als ich ihn bemerkte, war ich
eine kurze Zeit verlegen, doch dann winkte ich ihm
zu und rief: >>Ich lebe!<< Ich wiederholte diesen
Ruf ein paar Mal immer lauter werdend. >>Ich
lebe, ich lebe, ich lebe.<< Der Spaziergänger ging
schnellen Schrittes, gefolgt von seinem Hund
davon und ich tanzte dann über die Wiese,
begleitet von dem sich wiederholenden Ruf: >>Ich
lebe, ich lebe, ich lebe!.<< Ich tanzte zu einer nur
für mich hörbaren Musik. Der Hund drehte sich
noch einmal um und bellte und einen Moment sah
es so aus als würde auch er zu tanzen anfangen,
doch sein Besitzer rief nach ihm und der Hund
folgte ihm. Vielleicht bilde ich es mir nur ein, aber
ich glaube, der Hund hätte lieber mit mir getanzt,
als seinem Herrchen hinterher zu trotten. Hatte er
auch diese Musik gehört?
Ich tanzte noch eine Weile über die Wiese und
geriet in eine Art Ekstase.
Andere Spaziergänger hielten an und sahen mir zu.
Immer so lange bis ich ihnen zuwinkte und ihnen
zurief: >>Ich lebe, ich lebe, ich lebe!<< Dann taten
sie es dem Hundebesitzer gleich und gingen
schnell weiter. Sie flüchteten vor dem Verrückten,
der da wie ein Irrer zu einer unhörbaren Musik
tanzte. Irgendwann fiel ich erschöpft und
schwitzend zu Boden und die Musik veränderte
sich. Nun war es eine leise, beruhigende Musik,
nicht so seicht wie die Musik, die man in vielen
Kaufhäusern hört. Diese Musik war anders, sie
beruhigte mein Herz und war wunderbar.
Ich lag auf dem Rücken mit geschlossenen Augen,
hörte diese Musik in einem seltsam passenden
Gemisch mit dem Gesang der Vögel, roch das Gras
der Wiese, wärmte mich an der stärker werdenden

Sonne und alle Gedanken waren weg. Die Zeit
stand still und ich war in diesem Moment genau so
ein Teil der Welt wie eine Blume, ein Vogel oder
ein Baum. Jetzt lebte ich nur um zu leben. Einfach
nur vorhanden sein und leben. Hier hatte ich das
Gefühl, daß ich für immer so liegen bleiben wollte.
Eine Weile lag ich so da, fühlte diesen Wunsch
und eine nicht gekannte Ruhe in mir, bis ich
weinen mußte. Zuerst war es ein ganz stilles
Weinen. Langsam rollten mir einzelne Tränen über
das Gesicht, dann wurde es immer stärker und ich
begann zu schluchzen. Es steigerte sich genauso
wie der Tanz zuvor und ich ließ es geschehen. Ich
kämpfte nicht dagegen an, wie ich es gewohnt war.
Jahrelang hatte ich nicht mehr geweint und nun lag
ich auf dieser Wiese und heulte als wollte ich mir
die Seele aus dem Leib weinen bis der Tränenfluß
stoppte. Ich hörte einfach auf zu weinen,
vermutlich waren keine Tränen mehr in mir. Ich
setzte mich auf, wischte mir flüchtig mit den
Armen über das Gesicht und atmete tief durch.
Noch einmal sog ich die Gerüche ein und hörte
intensiv auf die Geräusche des Parks, dann stand
ich auf und machte mich auf den kurzen Weg
zurück.
Zwei Spaziergänger begegneten mir auf dem
Rückweg, die ich beide mit einem lächelnden
„Guten Morgen, ich wünsche Ihnen einen
wunderschönen Tag“ grüßte. Beide sahen mich
jedoch nur verwirrt an ohne zu antworten.
Es machte mir nichts aus. In einer Großstadt wie
dieser ist man es nicht gewohnt von einem
Fremden so angesprochen zu werden und so war
die Reaktion beziehungsweise das Fehlen jeder

Reaktion normal. Vor mich hin pfeifend ging ich nach Hause.

Mein Weg führte ins Bad, wo ich in den Spiegel sah. Meinem Gesicht war anzusehen, daß ich geweint hatte. Meine Augen waren gerötet und etwas geschwollen.

Meine Kleider trugen die Spuren der Wiese. Mein Spiegelbild lächelte mich an und ich fühlte mich befreit. >>Wer bist Du?<<, fragte ich mein Spiegelbild und ich antwortete mir: >>Ich bin ich, Thomas Rose, 35 Jahre alt, frei.<< Dann duschte ich noch einmal, rasierte mich, nahm ein zweites Frühstück zu mir, räumte in der Wohnung auf und verbrachte den Rest des Tages vor dem Fernseher sitzend, wo ich die täglichen Talkshows ansah und immer wieder lachen mußte.

Ich weiß nicht warum ich lachen mußte und die Geschichten, die von den Gästen erzählt wurden, waren sicher nicht zum lachen. Während ich ihnen zuhörte fragte ich mich was diese Leute dazu trieb ihre Tragödien exhibitionistisch im Fernsehen zu erzählen. Vielleicht ist es für manche Menschen *die Erfüllung* einmal im Leben im Fernsehen gewesen zu sein, egal wie und womit.

Meistens war ich jedoch mit den Gerüchen und Geräuschen von meinem Besuch im Park beschäftigt. Während ich mich vom Fernseher berieseln ließ, genoß ich die Erinnerung an den Geruch von Gras und Erde und den Gesang der Vögel.

Ich blieb so lange sitzen bis es Zeit war mich aufzumachen, meiner Verabredung mit Britta und Stefan nachzukommen.

Als es Zeit wurde, stand ich auf, zog mich an und ging aus dem Haus.

Beim Auto angekommen zog mich etwas zurück.
Ich kehrte noch einmal in die Wohnung zurück,
ging zum Schreibtisch, holte die Pistole aus der
Schublade und packte sie dann in eine Plastiktüte.
Draußen warf ich die Tüte mit der Pistole in einen
der Müllcontainer vor dem Haus bevor ich zu
meiner Verabredung fuhr.
Wir wollten uns bei einem Italiener im Hafen
treffen, in dem wir oft zu viert gegessen hatten;
Britta, Stefan, Andrea und ich. Die Fahrt dorthin
dauerte nicht lange, es war Sommer und
Urlaubszeit und die Straßen waren nicht so voll
wie gewöhnlich. Ich fand schnell einen Parkplatz
in der Nähe und ging den Rest des Weges zu Fuß.
Kurz vor dem Restaurant angekommen, traf mich
der Schlag. Der Mann vom vorigen Nachmittag
mit dem seltsamen Lächeln kam mir entgegen, eine
rote Rose in der Hand haltend.
Er blieb vor mir stehen, reichte mir die Rose und
sagte mit seiner sanften, ruhigen Stimme: >>Leben
ist, Liebe ist, Leben wird sein, Liebe wird sein.<<
Ich nahm die Rose und sah ihn mit offenem Mund
staunend an. Er lachte mich an, legte kurz seine
Hand auf meinen Arm und ging weiter.
Ich brachte kein Wort heraus. Was hätte ich auch
sagen sollen. Minutenlang war ich wie gelähmt.
Als es mir gelang mich umzudrehen war er schon
nicht mehr zu sehen. Wenn ich die Rose nicht in
der Hand gehabt hätte, hätte ich das alles für
Halluzinationen gehalten, geglaubt ich werde
langsam verrückt. Doch die Rose, die ich in der
Hand hielt zeigte mir, daß diese Begegnung
Realität war. Die Rose war echt, dieser
unheimliche Fremde war echt.

Es dauerte eine ganze Zeit bis ich mich wieder
daran erinnern konnte, weshalb ich hier war.
Noch völlig verwirrt betrat ich das Restaurant und
sah Britta an einem Tisch sitzen. Sie hatte,
wahrscheinlich absichtlich, nicht den Tisch
gewählt, an dem wir hier oft zu viert gesessen
hatten. Flüchtig kam mir Andrea in der Sinn, aber
es dauerte nur einen Augenblick bis sie wieder aus
meinem Kopf verschwunden war.
Britta stand auf und begrüßte mich strahlend. Sie
strahlte immer. Manchmal dachte ich heimlich, daß
sie auch auf Beerdigungen so strahlen würde. Ich
kannte sie nicht anders.
>>Stefan muß noch arbeiten, er kommt eventuell
später, war sich aber nicht sicher, ob es noch
klappt.<< Ich nickte und war noch immer in
Gedanken bei der erneuten Begegnung mit dem
unheimlichen Fremden. >>Was ist mit Dir? Wo
bist du? Und du bist ganz blaß.<<
Sie sah mich fragend an und ohne meine Antwort
abzuwarten fragte sie auf die Rose blickend: >>Ist
die für mich?<< >>Nein...<<, erwiderte ich
zögernd, worauf sie in gespielter Enttäuschung mir
einen schmollenden Blick schenkte und die Rose
dann zu vergessen schien.
Wir bestellten Wein und etwas zu Essen und
redeten das, was man unter Freunden beim Essen
redet. Die Arbeit, Das Wetter, der neueste Tratsch
über die gemeinsamen mehr oder weniger guten
Bekannten. Das heißt, sie redete, ich hörte zu und
antwortete einsilbig.
Die meiste Zeit sah ich auf den Hafen hinaus und
dachte an die Begegnungen mit dem Fremden
gestern und heute und auch an meinen Besuch im
Park am Morgen.

Natürlich sprach Britta viel von Andrea und versuchte mich zu trösten. Normalerweise wissen alle Menschen ganz genau, zumeist aus der eigenen Erfahrung heraus, daß es keinen wirklichen Trost gibt, wenn einer von einem geliebten Menschen verlassen wird, aber trotz dieses Wissens versuchen die Freunde einen immer wieder zu trösten, auch wenn sie wissen, daß das keinen Sinn macht.

Britta redete ununterbrochen und glaubte wahrscheinlich, daß meine geistige Abwesenheit mit Andrea zu tun hatte. Wie sie trotz ihres nicht zu stoppenden Redeflusses ihren Teller leer bekam war mir, wie schon oft zuvor, schleierhaft.

Ein paar mal, während ich auf den Hafen hinunter sah, geschah erneut etwas merkwürdiges. Vor meinen Augen tauchten die Konturen einer dunkelhaarigen Frau auf, die ich nicht kannte, doch das Gesicht erschien mir irgendwie vertraut. Während Britta etwas sagte, was sich wie „die Liebe kommt, die Liebe geht..." anhörte, und unheimlich weit weg zu sein schien, fiel mir ein, daß ich dieses Frauengesicht gestern Abend schon einmal vor Augen hatte und mir war so, als sei sie mir während der Nacht auch im Traum erschienen, so daß ich jetzt versuchte, mich daran zu erinnern, was ich in der Nacht geträumt hatte. Es gelang mir nicht.

>>Tom? Tom? Wo steckst du bloß?<<, hörte ich Brittas Stimme von weit her, woraufhin ich ein ganzes Glas Wein in einem Zug austrank um danach eine neue Flasche zu bestellen. Britta schüttelte den Kopf, sah mich an und lachte. Der Wein machte mir eine wohlige Wärme und ich wartete bis sie zu lachen aufgehört hatte. >>Ich

muß dir etwas merkwürdiges erzählen>>, sagte
ich, wobei ich stotterte; zum einen wegen dem
Wein, zum anderen wegen der Unsicherheit, ob ich
es Britta wirklich erzählen sollte. Ich erzählte ihr
von meiner Verzweiflung nach Andreas Auszug,
von der Leere, die ich fühlte, von meiner
Lustlosigkeit und dem Schmerz, den ich nicht los
wurde, der dann in dem Vorhaben gipfelte, mein
Leben mit der Pistole in meiner
Schreibtischschublade zu beenden. Sie hörte mir
schweigend zu und hatte mir ihre Hand auf den
Arm gelegt. Bevor ich zum gestrigen Nachmittag
kam, machte ich eine kleine Pause.
Sie nickte mir zu um mich zu ermuntern weiter zu
sprechen. Also fuhr ich nach einer Weile, die ich
brauchte um mich zu sammeln, fort und erzählte
ihr von dem Mann, der sich zu mir setzte, während
ich auf der Bank saß und mich in Gedanken vom
Leben verabschiedete und erzählte ihr auch von
dem heutigen Morgen, an dem ich mich wie ein
ganz neuer Mensch gefühlt hatte, sprach von
meinem Tanz im Park und von der erneuten
Begegnung mit dem Mann vor dem Restaurant, bei
der er mir die rote Rose überreichte, die ich zu
Beginn meiner Erzählung unwillkürlich in die
Hand genommen hatte und die ganze Zeit über
nicht aus der Hand gelegt hatte.
Als ich meine Erzählung beendet hatte, wartete ich
darauf, daß sie mich für verrückt erklärte oder in
heftiges Lachen ausbrach, doch nun war sie es, die
eine Zeit lang abwesend auf den Hafen hinunter
sah, bevor sie mich fragte: >>Glaubst du an
Schutzengel?<<, woraufhin ich erst den Kopf
schüttelte, dann nickte, dann wieder den Kopf
schüttelte. >>Ich weiß nicht...<< Sie unterbrach

mich. >>Ich weiß, daß du nicht glaubst, nicht an Gott und auch an sonst nichts Höheres.<< Nach einer kurzen Pause wiederholte sie das letzte Wort. >>Höheres.<< Sie gab ihrer Stimme dabei einen etwas spöttelnden Ton. Britta war gläubig und ging regelmäßig in die Kirche. Das wußte ich, doch wir hatten nie ernsthaft über Religion und Glauben gesprochen. Britta und Stefan hatten ihren Glauben, den ich akzeptierte und sie akzeptierten und respektierten meinen Atheismus. Ich weiß nicht, warum wir nie darüber gesprochen hatten. Es war wohl ein ungeschriebenes und nicht ausgesprochenes Gesetz zwischen uns.

Wir schwiegen eine Zeit lang und gingen jeder unseren Gedanken nach. Britta sah mir lange und tief in die Augen und sagte dann mit leiser, aber fester Stimme: >>Ja, du bist einem Schutzengel begegnet.<< Ich schwieg. >>Deinem Schutzengel.<<

Ich wartete immer noch darauf, daß sie in Lachen ausbrach. Vielleicht hoffte ich es sogar, doch sie blieb ernst und auch das gewohnte Strahlen in ihrem Gesicht hatte sich gewandelt in eine Art gutmütiges Lächeln. Ein Lächeln, das mich unwillkürlich an das eigenartige Lächeln des Mannes - meines „Schutzengels" erinnerte.

Britta sah auf die Uhr und meinte, daß Stefan wohl nicht mehr kommen würde und ich war froh darüber, denn ich glaube nicht, daß ich die Geschichte erzählt hätte, wenn Stefan dabei gewesen wäre. Es hatte gut getan, Britta von diesem Mann zu erzählen, aber meine Verwirrung hatte sich nicht gelöst. Sie hatte von einem Schutzengel gesprochen, von meinem Schutzengel und dieses Wort war mir heute schon einmal in den Sinn gekommen, doch war mir immer noch nicht klar was da geschehen war und noch geschah.

Britta blickte auf die Rose. >>Das mit der Rose...<< >>Ja?<< >>Ach, nichts<<, sagte sie und ich versuchte in ihrem Gesicht zu lesen, was sie dachte. >>Nun, sag schon!<< >>Das mit der Rose, da kann ich mir auch keinen Reim drauf machen<<, vollendete sie den angefangenen Satz und ich war enttäuscht, denn ich hatte gehofft, daß sie dazu eine Idee hatte und wenn sie noch so abwegig gewesen wäre. Eine Minute dachte ich darüber nach, ob ich ihr noch von dem Gesicht der Frau erzählen sollte, das ich gestern abend zum ersten mal vor Augen hatte, da noch kaum erkennbar, und vorhin wieder, mit wesentlich klareren Zügen, doch ich beschloß das weg zu lassen.

Wir sahen noch eine Zeit lang gemeinsam der untergehenden Sonne zu, zahlten dann, wie gewohnt, getrennt und verließen gemeinsam das Restaurant.

Britta fragte mich, ob wir noch woanders etwas trinken gehen wollten, oder ob ich noch mit zu ihr kommen wollte und Stefan guten Tag sagen, doch ich verneinte mit einer mich selbst überraschenden Hektik.

Als wir uns verabschiedeten sah sie mich lange schweigend an und mir war als wollte sie noch etwas sagen, doch die Worte schienen ihr irgendwo verloren gegangen zu sein.

Ich sah ihr nach wie sie zu ihrem Auto ging, wartete bis sie abgefahren war, winkte ihr noch hinterher und ging dann langsam zu meinem Wagen. Als ich dort ankam bemerkte ich die Rose,

die ich die ganze Zeit in der Hand gehalten hatte
ohne es zu merken.

Die Rose erinnerte mich wieder an den
unheimlichen Fremden und ich sah mich nach
allen Seiten um. Er war nirgends zu sehen und
doch war mir so, als sei er in unmittelbarer Nähe
und beobachtete mich. Mehrmals schaute ich mich
um, doch niemand war zu entdecken, also setzte
ich mich in meinen Wagen, schloß die Augen und
schüttelte mich kurz. Ich zögerte etwas wegen des
Weins, den ich getrunken hatte, legte die Rose auf
den Beifahrersitz und fuhr los.

Ich merkte überhaupt nicht, daß ich in eine andere
Richtung fuhr als ich gemußt hätte. Es ging nicht
nach Hause. Von etwas Unsichtbarem geführt
schlug ich die entgegengesetzte Richtung ein und
während ich hinter dem Steuer saß und mich mehr
von einem unsichtbaren Unbekannten fahren ließ
als das ich selbst fuhr, sprach ich mehrmals den
Satz vor mich hin: >>Es ist für dich noch nicht die
Zeit zum Sterben.<< Auch das war nicht ich, der
diesen Satz sagte. Es war eine Stimme, die nicht
meine war, die sprach. Von mir hatte jemand
anders Besitz ergriffen. Jemand oder etwas. Der
fuhr mich in eine Richtung in die ich nicht wollte
und sprach durch mich diesen Satz, den der fremde
Mann am Nachmittag des Vortags gesagt hatte.
Wenn ich darüber nachgedacht hätte, wäre für
mich wahrscheinlich der Wein schuld gewesen,
oder jene unheimlichen Begegnungen mit meinem
Schutzengel, wie Britta ihn genannt hatte. Doch
ich dachte nicht darüber nach, ich ließ es einfach
geschehen, ließ mich führen von dem was sich
offensichtlich meiner Person bemächtigt hatte. Ich
glaube auch nicht, daß ich eine Chance gehabt

hätte mich dagegen zu wehren, aber ich
verschwendete sowieso keinen Gedanken daran,
mich zu wehren oder umzudrehen. Ich fuhr oder
ließ mich fahren ohne zu denken geradeaus in
Richtung der großen Brücke.
*

Susanne Riefer sah aus dem Fenster ihres
Hotelzimmers und betrachtete sich den
beeindruckenden Ausblick über den Hamburger
Hafen. Ein großartiger Ausblick, dachte sie. Sie
hatte ein Stück zerknülltes Papier in der Hand, daß
sie jetzt quer durchs Zimmer gegen eine Wand
schmiß. „Scheiß-Ausblick", sagte sie zu sich
selbst, warf sich bäuchlings auf das Bett und hieb
mehrmals mit der Faust in das Kissen, dann stand
sie auf, entkleidete sich, stellte sich vor den
Spiegel und betrachtete sich.
Sie schüttelte den Kopf. Vor fast einem halben
Jahr war die Operation und sie hatte sich nicht an
die Folgen gewöhnen können. Den Krebs hatte sie
besiegt; erst mal, wie sie so oft zweifelnd gesagt
hatte. Doch welchen Preis hatte sie für das Leben,
das Überleben bezahlen müssen? Sie war kein
vollständiger Mensch, keine vollständige Frau. Nur
selten fand sie den Mut sich nackt im Spiegel zu
betrachten und den Verlust zu sehen, aber an
diesem Tag war es wichtig und dann war es auch
wieder nicht wichtig. Es war sowieso alles egal.
Sie zog sich an und wählte die elegantesten
Kleider, die sie nach Hamburg mitgenommen
hatte. Als sie fertig war betrachtete sie prüfend ihr
Spiegelbild und nickte zufrieden. Dann sah sie auf
ihre Hand und überlegte den Ehering abzustreifen,
doch sie behielt ihn an.

Im Restaurant des Hotels aß sie zu abend, wobei sie einen gut geübten Blick aufsetzte, welcher jedem der auf den Gedanken kam, in ihre Nähe zu kommen, deutlich signalisierte, daß sie keine Gesellschaft wünschte.

Nach dem Essen verließ sie das Hotelrestaurant, ging in ihr Zimmer und holte die Rose, die ihr der merkwürdige Mann am Vorabend geschenkt hatte. Noch einmal genoß sie den tollen Ausblick auf den nun beleuchteten Hafen und war sich sicher, nie wieder hierhin zurückzukehren. Das Zimmer war zwar noch für eine Woche gebucht und bezahlt, doch das hatte keine Bedeutung mehr. Susanne löschte das Licht und fühlte eine eigenartige Leichtigkeit als sie ihren Leihwagen aus der Tiefgarage des Hotels holen ließ. Sie gab dem Mann, der dafür zuständig war ein ungewöhnlich großes Trinkgeld und sah in ein sehr glückliches Gesicht bevor sie sich in den Wagen setzte und los fuhr.

Die Leichtigkeit hielt an. Innerlich schwebte sie förmlich. Nur wenn sie auf die Rose sah, die sie auf den Beifahrersitz gelegt hatte, überkam sie ein Gefühl der Unsicherheit. Sie war für ihr Vorhaben so fest entschlossen gewesen, aber diese Rose schien doch noch mal alles in Frage stellen zu wollen. Sie schüttelte den Kopf und fragte sich, warum sie die Rose mitgenommen hatte ohne eine Antwort darauf zu finden.

*

Ich wußte nicht wohin ich fuhr und warum ich dorthin fuhr, doch steuerte ich schnurstracks auf das Ziel zu. Während der Fahrt bekam ich plötzlich Herzklopfen, ein unerklärliches heftiges Herzklopfen. Als ich gerade das Radio

eingeschaltet hatte und Radio Hamburg beim
Spielen von Hits der Achtziger Jahre zuhörte sah
ich am Brückengeländer eine Frau stehen.
Langsam ließ ich meinen Wagen zum Stehen
kommen und stieg aus ohne zu wissen was ich tat.
Die Frau hatte ihren Wagen abgestellt, stand über
das Brückengeländer gelehnt und sah in die Nacht
hinaus.
An dem was die Frau vorhatte, bestand für mich
kein Zweifel. Ich ging langsam aber keineswegs
zögernd auf sie zu. Es dauerte bis ich nur noch
wenige Schritte von ihr entfernt war, daß sie mich
bemerkte und sich zu mir drehte. >>Was wollen
Sie? Bleiben Sie weg! Fahren Sie weiter!<< Ihre
Stimme war ruhig und bestimmt.
Ich blieb stehen und wartete. Sie wiederholte die
letzten Worte: >>Fahren Sie weiter!<< Ihre
Stimme war jetzt etwas lauter, aber immer noch
sicher.
Sie lehnte sich wieder über das Brückengeländer
und sah in die Dunkelheit.
Ich dachte nicht daran umzudrehen und
weiterzufahren und tat es ihr gleich; lehnte mich
ebenfalls über das Geländer und schwieg.
>>Bitte... ich...<<, begann sie nach einer Weile,
redete aber nicht weiter. Wir sahen beide stur
geradeaus. Ich wartete noch ein bißchen bevor ich
sprach. >>Wenn Sie da jetzt hinunter springen
wollen, werde ich nicht versuchen Sie daran zu
hindern.<<
Weil ich weiterhin in die Dunkelheit nach vorn
sah, konnte ich es nicht sehen, aber ich fühlte wie
sie sich wieder zu mir umdrehte und konnte den
fragenden, verwunderten Blick spüren. In mir war
jetzt eine tiefe Ruhe und ich war voll auf die

momentane Situation konzentriert, wie ich es immer war wenn ich mich in sehr starken Streßsituationen befand. Meine Nervenstärke in schwierigen Lagen war mir schon oft hilfreich gewesen. Immer wenn es drauf ankam konnte ich mich auf sie verlassen. Das hier war aber eine ganz besondere Situation, die außergewöhnlichste, die ich bis dahin erlebt hatte.
Später wunderte ich mich noch oft über die außergewöhnliche Ruhe, die ich empfand.
>>Wenn Sie glauben, daß das für Sie der richtige Weg ist und wenn Sie das Leben wirklich eintauschen wollen gegen diesen Sprung, dann springen Sie und bitten Sie vorher um Verzeihung.<< >>Was geht es Sie an? Und wen soll ich um Verzeihung bitten?<< Jetzt klang sie anders. Ihre Stimme war brüchig. Sie weinte nicht, aber in ihrer Stimme waren Tränen zu hören. Nicht geweinte, schwere Tränen. >>Ich glaube, daß es noch nicht an der Zeit ist für Sie zu sterben<<, sagte ich, und es war als sprach die Stimme meines Schutzengels vom Vortag aus mir. >>Springen Sie, wenn sie wirklich nicht mehr leben wollen, aber sind Sie sich sicher, daß Sie nicht mehr leben wollen?<< Obwohl ich noch immer nicht in ihre Richtung sah, konnte ich ihre Blicke spüren. Ich fühlte wie die Verzweiflung in ihren Augen stand und wie sie unruhig zwischen mir und dem Fluß hin und her sah.
Als ich dann einen Schritt auf sie zu tat, machte sie eine abwehrende Handbewegung. >>Fahren Sie bitte weiter.<< Die Stimme der Frau war sehr schwach geworden, kaum noch hörbar.
Ich machte einen weiteren Schritt auf sie zu und streckte ihr meine Hand entgegen, worauf sie kurz

in meine Richtung sah, dann wieder auf den Fluß
hinunter. Sie wollte sich von mir entfernen, doch
offensichtlich versagten ihre Beine den Dienst.
>>Kommen Sie<<, sagte ich leise und ließ den
Arm sinken. >>Kommen Sie<<, wiederholte ich
und machte den nächsten Schritt auf sie zu.
>>Bitte...<<, sagte sie flehend. Ich war ihr jetzt so
nah, daß ich sie hätte berühren können. Deutlich
konnte ich ihre Angst fühlen. Sie erfüllte die Luft.
Weit weg nahm ich ein paar Autos wahr, die an
uns vorüber fuhren. Ein paar verlangsamten ihre
Fahrt und die Fahrer sahen kurz nach uns, denn es
war nicht normal, daß sich an dieser Stelle
Fußgänger aufhielten und nachts war es noch
ungewöhnlicher, aber niemand hielt an.
>>Wenn Sie wirklich springen wollen, dann lasse
ich Sie springen. Wollen Sie?<< Die Frau sagte
nichts. Sie nickte erst, dann schüttelte sie den
Kopf. >>Kommen Sie, wir fahren hier weg<<,
sagte ich und wandte mich zum gehen. Erneut
streckte ich meine Hand aus. Sie sah die Hand an
und schüttelte zögernd den Kopf.
Als ich mir sicher war, daß sie mir folgen würde
und ich weiß auch heute noch nicht, warum ich mir
sicher war, daß sie mit mir kommen würde, ging
ich und drehte mich erst nach einigen Schritten
um. Tatsächlich folgte mir die Frau langsam mit
gesenktem Kopf. Sie blieb stehen als ich mich
umdrehte und ich machte eine aufmunternde
Handbewegung.
Erst bei meinem Auto angekommen drehte ich
mich wieder zu ihr um.
Der Weg von der Stelle an der Brücke, an der wir
gestanden hatten zu meinem Auto waren höchstens
fünfzig Meter, aber ich glaube, daß wir bestimmt

eine Stunde gebraucht haben um dorthin zu
gelangen.
Ich öffnete die Tür zum Beifahrersitz und legte die
Rose des Schutzengels, die dort lag, auf die
Rückbank, dann ging ich um den Wagen herum
und wartete auf der Fahrerseite bis sie
angekommen war. Sie stieg ein ohne mich
anzusehen und wirkte auf mich als sei sie in
Trance gefallen.
Als sie auf dem Beifahrersitz saß stieg ich ein.
>>Soll ich Sie wohin bringen? Nach Hause oder zu
einem Arzt? In ein Krankenhaus?<< Sie schwieg
und starrte aus dem Fenster. >>In ein Krankenhaus
wäre wohl das beste jetzt.<< Sie schwieg weiter,
schüttelte aber kaum merkbar den Kopf. >>Also
kein Krankenhaus. Dann nach Hause? Wenn Sie
mir sagen wo Sie wohnen, fahre ich Sie nach
Hause.<< Wieder schüttelte sie den Kopf.
Offensichtlich war sie kaum noch bei Kräften.
Selbst für dieses geringfügige Kopfschütteln mußte
sie sämtliche ihr noch zur Verfügung stehenden
Kräfte aufbringen. >>Gut, dann werde ich Sie jetzt
mit zu mir nehmen und morgen werden wir dann
weiter sehen.<<
Als wir bei mir ankamen, dauerte es lange, ehe ich
sie dazu bewegen konnte aus dem Wagen
auszusteigen. Sie hatte die Fahrt über nur reglos da
gegessen und unbewegt geradeaus gestarrt. Und so
saß sie noch eine ganze Zeit im Wagen und ich
mußte sie eine halbe Stunde lang bitten aus dem
Wagen auszusteigen, worauf sie nicht reagierte.
Ich löste ihr dann den Gurt und zog sie so
vorsichtig wie es mir möglich war vom Sitz.
Als ich sie aus dem Wagen hatte, fragte ich sie
noch einmal ob ich sie nicht doch woanders

hinfahren sollte und wieder schüttelte sie schwach
den Kopf. Ich weiß nicht, ob sie meine Worte
überhaupt verstand. Sie war noch immer wie in
Trance und in meine Wohnung folgte sie mir wie
an einer unsichtbaren Leine geführt.
Erst als wir in meinem Wohnzimmer standen
überkam mich ein Gefühl der Unsicherheit und die
Frage in mir auf, was ich da gerade tat. Seit ich
mich von Britta verabschiedet hatte und von dem
Restaurant losgefahren war, hatte sich alles ganz
automatisch abgespielt. Es geschah einfach und ich
dachte nicht nach. Bis hierhin war es immer noch
so als würde ich von jemandem geführt und ich
dachte nicht darüber nach, oder fragte mich,
warum das so passierte wie es passierte.
Auch sah ich mir die Frau jetzt erst genauer an und
erschrak, denn ihr Gesicht kam mir sehr bekannt
vor. Es war das Gesicht der Frau, die mir am
Vorabend und während des Essens mit Britta
erschienen war. Sie hatte nicht ganz genau
dasselbe Gesicht wie die Frau, die ich zweimal
gesehen hatte, aber es war eine frappierende
Ähnlichkeit.
Ich starrte sie lange an und war nun selbst wie
gelähmt.
Sie blieb unverändert. Es sah aus als sah sie
einfach durch mich hindurch und bemerkte auch
meine Verwirrung nicht. Mit leerem Blick sah sie
stur geradeaus und brach auch ihr hartnäckiges
Schweigen nicht.
Ich nahm sie vorsichtig beim Arm und führte sie
ins Schlafzimmer. >>Hier können Sie sich
hinlegen, ich werde nebenan auf der Couch
schlafen.<< In ihr Gesicht schien für kurze Zeit

Leben zurückzukehren, welches aber unmittelbar
wieder verschwand.
Es wirkte wie bei einem Roboter als sie die Schuhe
auszog und sich auf dem Rücken auf das Bett
legte. Auf die Seite, auf der bis vor kurzem noch
Andrea gelegen hatte.
Ich stand währenddessen unentschlossen im
Zimmer herum und hatte ihr zugesehen.
Sie sah mich mit ihrem leeren Blick an, dann
starrte sie an die Decke.
Ich fragte sie ob ich das Licht anlassen sollte und
ob sie Musik wollte, doch es kam keine Antwort.
Als ich das Zimmer verlassen wollte und ein
>>Gute Nacht<< murmelte, was mir in dem
Moment als ich es ausgesprochen hatte vorkam, als
wäre es das blödsinnigste, was ich jemals von mir
gegeben hatte, vernahm ich ein leises Seufzen, so
daß ich mich wieder umdrehte. In ihren Augen
glaubte ich ein Flehen zu erkennen. >>Ich soll sie
nicht allein lassen?<< Sie antwortete nicht, aber in
ihrem Blick meinte ich ein ja zu erkennen, also ließ
ich mich in den Sessel fallen, der dem Bett
gegenüberstand. Der kleine Ansatz eines Lächelns
in ihrem Gesicht bestätigte mich. Dann starrte sie
wieder an die Decke bis sie die Augen schloß und
einschlief.
Ich blieb in dem Sessel sitzen bis zum nächsten
Morgen. Zwar schlief ich ein paar mal für eine
kurze Zeit ein, aber die meiste Zeit war ich wach
und sah auf die schlafende Frau.
Irgendwann bemerkte ich, daß sie die ganze Zeit
eine rote Rose in der Hand hielt, die jener glich,
die mir von meinem Schutzengel vor dem
Restaurant bei unserer zweiten Begegnung
überreicht worden war. Sie hatte sie die ganze Zeit

in der Hand gehalten, aber es war mir bis dahin
nicht aufgefallen. Als ich es bemerkte, begann es
wieder in meinem Kopf zu wirbeln. Mein
Schutzengel, die Rose, die Frau, deren Gesicht mir
in meinen Gedanken begegnet war, bevor ich ihr
selbst begegnete. War das alles Zufall? Britta hatte
oft gesagt, daß es keine Zufälle gibt. Und diese
Zusammenhänge konnten keine Zufälle sein. Nur
was war es dann?

3

Als die Frau am Morgen aufwachte sah sie sich
irritiert um und versuchte festzustellen wo sie sich
befand. Sie bemerkte mich und erschrak. Dann
erinnerte sie sich an den Abend. Sie sank zurück
und blieb mit offenen Augen liegen.
>>Ich mache uns einen Kaffee<<, sagte ich und
stand auf um in die Küche zu gehen.
Sowohl das Aufstehen aus dem Sessel als auch das
Gehen fielen mir schwer. Durch das Sitzen die
ganze Nacht in dem Sessel fühlte ich jeden
Knochen und jedes Gelenk. Die Müdigkeit kam
hinzu und so wankte ich mehr als daß ich ging.
Nachdem ich den Kaffee aufgesetzt und den
Küchentisch gedeckt hatte ging ich ins
Schlafzimmer zurück, wo die Frau immer noch auf
dem Bett lag und an die Decke starrte.
Sie hatte in ihren Kleidern geschlafen und man sah
es ihnen an. >>In dem Schrank sind Sachen, die
Sie anziehen können, wenn Sie sich umziehen
wollen.<< Ich zeigte auf einen der Schränke, die
noch Kleider von Andrea enthielten. Die Frau war
ungefähr so groß wie Susanne und hatte auch eine
ähnliche Figur, so daß ich davon ausging, daß
Andreas Kleider ihr einigermaßen passen könnten.
Andrea hatte als sie ging nicht alles mitgenommen
und mir bis jetzt auch nicht mitgeteilt, wann und
ob sie überhaupt ihre Sachen abholen wollte.
>>Das Bad ist gleich rechts, wenn Sie aus diesem
Zimmer raus kommen<<, fuhr ich fort, obwohl ich
mir nicht sicher war, daß sie mir zuhörte oder mich
verstand, falls sie mir zuhörte. Dann kehrte ich in
die Küche zurück, setzte mich an den Tisch und
trank Kaffee.

Nach einiger Zeit hörte ich an den Geräuschen aus
dem Schlafzimmer, daß sie aufgestanden war, ins
Bad ging und dann in Andreas Schrank nach
passenden Kleidern suchte.
Sie kam in die Küche, blieb im Türrahmen stehen
und sah mich unsicher an.
Ich deutete auf den Stuhl mir gegenüber und goß
Kaffee in ihre Tasse. Zögernd setzte sie sich, goß
Milch in ihren Kaffee, trank einen Schluck und
starrte mich an. Wieder hatte sie diesen Blick, der
sie so aussehen ließ als sei sie in tiefer Trance und
unansprechbar.
Sie aß nichts, während ich ein paar Scheiben Toast
frühstückte. Unter ihrem starren Blick fiel mir das
Essen schwer. Unterbrochen wurde dieses Starren
nur, wenn sie ihre Tasse in die Hand nahm um zu
trinken. Ich versuchte ihrem Blick stand zu halten,
es gelang mir aber immer nur für eine sehr kurze
Zeit.
Normalerweise hörte ich Radio zum Frühstück,
doch das kam mir jetzt unpassend vor, so daß
absolute Stille herrschte, wenn man von dem
monotonen Ticken der Küchenuhr absah.
Ich weiß nicht ob sie bewußt gewartet hatte bis ich
mit essen fertig war, aber plötzlich unterbrach sie
die Stille. >>Ich weiß nicht, ob ich gestern abend
tatsächlich gesprungen wäre<<, sagte sie leise.
Ich nickte und erwiderte nichts.
Ihr Blick hatte die Starre verloren und ihr war
anzumerken, daß sie unentschlossen war, ob sie die
Tränen, die in ihr waren zulassen sollte oder
bekämpfen wollte.
>>Das kann man nicht wissen. Ich weiß auch
nicht, ob ich geschossen hätte<<, sagte ich mehr zu
mir selbst, als daß ich mit ihr sprach. >>Wie

bitte?<< Fragend sah sie mich an und als ich nicht
antwortete, nickte sie. >>Verstehe.<<
Daß sie verstanden hatte, bezweifelte ich, aber es
war mir jetzt auch nicht wichtig.
Sie stand auf, ging durch die Wohnung und sah
sich um. Ich folgte ihr, setzte mich in einen Sessel
im Wohnzimmer, rauchte und beobachtete sie, wie
sie die Umgebung eingehend studierte. Sie sah sich
die CD-Sammlung an, blieb lange bei den
Büchern, betrachtete sich die Dinge, die sich in den
Regalen befanden und die in den Fächern der
Schrankwand. Manchmal nahm sie etwas in die
Hand, schloß die Augen und betastete es langsam
mit den Fingern der anderen Hand. >>Wissen Sie,
man sieht mit geschlossenen Augen oft besser.
Wenn man Dinge anfaßt und nicht nur mit den
Augen sieht, fühlt man die Seele, den Geist, das
Herz der Dinge. Alle Dinge haben eine eigene
Seele und sind wiederum Teil einer ganzen, großen
Seele.<< Sie sah mich an als wolle sie prüfen ob
ich verstand was sie sagte. Ich nickte ihr zu, und
ich weiß nicht, ob ich sie da tatsächlich verstanden
hatte, aber ich glaube schon, daß ich in diesen
Tagen zu verstehen begann.
Als sie beim Telefontisch angekommen war nahm
sie auch Andreas Bild in die Hand und befühlte es,
dann sah sie fragend zu mir. >>Andrea. Sie ist vor
einer Woche gegangen.<< Ihr gegenüber empfand
ich plötzlich Gleichgültigkeit.
>>Wie heißen Sie?<<, fragte die Frau, obwohl sie
gerade meine Visitenkarte, die neben dem Telefon
gelegen hatte, in der Hand hielt und meinen
Namen sicher gerade gelesen hatte. Trotzdem
antwortete ich. >>Rose, Thomas Rose.<< Fast
hätte ich den vielsagend nichtssagenden Zusatz

Kaufmann mitgesprochen als gehörte er zum Namen. >>Rose - schöner Name.<<

Ich mußte lachen und dachte an die Hänseleien, die mir der Name zu Kinder- und Jugendzeiten eingebracht hatte. Wie oft man aus mir ein Röschen gemacht hatte und ähnliches. Früher hatte ich den Namen gehaßt und auch heute noch mochte ich ihn nicht besonders.

Sie beendete ihren Rundgang, setzte sich auf die Couch mir gegenüber und bediente sich von meinen Zigaretten.>>Riefer, Susanne Riefer.<<

Dann schwiegen wir eine Zeit lang und sahen aneinander vorbei, bis sie das Schweigen unvermittelt brach. >>Glauben Sie an Gott?<<

>>Nein<<, antwortete ich und bemerkte, daß meine Antwort anders war als früher. Mein Nein war immer absolut überzeugt gewesen und meistens garnierte ich meine Antwort auf diese Frage mit einem ironischen Spruch, wobei ich versuchte, niemanden zu verletzen, was mir nicht immer gelungen war. Als ich jetzt auf diese Frage antwortete war es anders. Tief in mir drin war ein Zögern und mein Nein wurde von mir selbst oder von etwas in mir in Frage gestellt.

>>Ich auch nicht<<, sagte sie und es klang wohl ähnlich zögerlich wie mein Nein.

Sie ging auf die CD-Sammlung zu und suchte eine raus, die sie in den CD-Player einlegte. Mahalia Jackson. >>Passend<<, sagte ich und sie lächelte mich an. >>Sie fragen mich nicht, warum ich springen wollte?<< >>Soll ich fragen?<<

>>Warum waren Sie gestern da, auf der Brücke, wo wollten Sie hin, warum haben Sie angehalten?.<< >>Zufall<<, antwortete ich und glaubte mir selbst nicht. Das heißt, ich wußte, daß

es kein Zufall war. Die Ereignisse paßten zu gut zusammen und hatten mich gestern abend auf diese Brücke geführt. >>Zufall?!<<, wiederholte sie. >>Ich glaube nicht an Zufälle.<< Mahalia Jackson sang „Nobody knows the trouble I've seen but Jesus." Auch wenn ich ebenfalls nicht an Zufälle glaubte, nicht mehr, oder eben nicht daran, daß es Zufall war, daß ich gestern zu dieser Brücke gefahren bin, wußte ich doch nicht, ob und wenn ja, wie ich ihr die Geschichte erzählen sollte. Einen Moment lang wollte ich es ihr erzählen, fand dann aber daß es doch zu abwegig war. Wenn ich es nicht selbst erlebt hätte, würde ich es ja auch nicht glauben. Statt dessen fragte ich sie, ob sie an Schutzengel glaubte, die gleiche Frage, die Britta mir gestellt hatte.

Ich fand die Frage albern nachdem ich sie ausgesprochen hatte. Eben hatten wir noch festgestellt, daß wir beide nicht an Gott glaubten, wenn auch offenbar in uns beiden ein Zweifel aufgekommen war. Sie lachte. >>Dann sind Sie also mein Schutzengel, der mich retten sollte?<< Durch ihr Lachen und ihre Gegenfrage kam mir meine Frage noch alberner vor und ich sah sie nur verlegen an und sagte nichts.

Nachdem sie aufgehört hatte zu lachen, bekamen ihre Augen wieder einen traurigen Ausdruck und weniger zu mir als irgendwo anders hin sagte sie, daß sie zur Zeit gar nicht wüßte, woran sie glaubte oder nicht glaubte.

>>Glauben, Wissen... Ich glaube, daß es Momente im Leben gibt, da verkehrt sich alles ins Gegenteil. Unser Weltbild wird auf den Kopf gestellt. An das was man glaubte, glaubt man auf einmal nicht

mehr und was man wußte ist plötzlich nicht mehr
wahr.<< Ich stimmte ihr zu.
Ihre Augen wurden noch trauriger und ihre Stimme
klang jetzt brüchig.
>>„Warum weinen Sie nicht, wenn Ihnen danach
ist?<< Tiefe Verzweiflung schien in ihren Augen
zu sein. >>Ich möchte, ich will, aber ich kann
nicht.<<
Es war inzwischen fast Mittag und ich hatte nicht
gemerkt, wie die Zeit vergangen war. >>Kann ich
etwas für Sie tun? Soll ich Sie allein lassen? Soll
ich Sie wohin bringen? Wollen Sie hierbleiben?<<
Sie sah mich an und zuckte die Schultern.
Ich merkte wie ich hoffte, daß sie hier bleiben
würde, doch sie schwieg. Sie legte sich auf der
Couch lang und sah zur Decke. >>Okay, ich lasse
Sie für eine Weile allein. Sie finden in der Küche
was zu Essen falls Sie Hunger bekommen.<<
Ich stand auf um zu gehen, als Sie sich umwandte.
>>Können wir nicht Du sagen? Ich bin Susanne.<<
>>Klar<<, antwortete ich. >>Thomas, aber das
weißt du ja schon, meist nennt man mich Tom.<<
>>In Ordnung, Tom<<, sagte sie und starrte dann
wieder an die Decke.
Das Telefon klingelte. Ich ließ den
Anrufbeantworter antworten und hörte die
Nachricht dann mit. Warum ich mich nicht melden
würde, wo ich sei, was ich täte und wann ich
wieder ins Büro käme, hörte ich die leicht
verzweifelt klingende Stimme meines
Geschäftspartners.
>>Nicht so wichtig<<, sagte ich zu Susanne, zum
Anrufbeantworter und zu mir selbst. Jetzt hatte ich
andere Prioritäten. Helmut und das Geschäft
würden schon ohne mich auskommen. >>Okay,

ich gehe jetzt. Iß was, weine, schlafe, fühle dich
ganz wie zu Hause.<<
Als ich schon in der Tür stand hörte ich Susanne
etwas sagen, was ich nicht verstand und wollte
umkehren, entschied mich dann aber anders und
ließ die Tür hinter mir ins Schloß fallen.
In meinem Auto blieb ich dann eine lange Zeit
sitzen, denn ich wußte nicht wohin ich wollte und
an mir zogen die letzten beiden Tage und der
heutige Vormittag wie ein Film vorüber. Ich legte
eine Cassette ein und drehte die Musik sehr laut.
Laut genug um feststellen zu können, ob ich mich
in der Realität oder in einem endlos langen Traum
befand. Ich schaltete die Musik aus und wieder an,
kniff mich und schüttelte mich, so lange bis ich
mich davon überzeugt hatte, daß ich nicht träumte.
Dann fuhr ich eine Zeit lang ziellos durch die
Gegend bis mich der Hunger an einem Imbiß
anhalten ließ, wo ich etwas aß und anschließend
fuhr ich an die Alster, setzte mich auf die Bank,
auf der ich vor zwei Tagen gesessen hatte und
wartete.
Einige Stunden, bestimmt drei oder vier, saß ich da
und wartete, doch er kam nicht. Mein Schutzengel
erschien nicht und ich wußte auch nicht richtig
warum ich auf ihn wartete. Wollte ich eine
Erklärung für die Vorgänge der letzten Tage?
Wollte ich wissen, wie das jetzt weiter gehen
würde? War mein Schutzengel wirklich einer?
Sind Engel nicht weiblich? Und wenn er einer war,
warum war er dann ganz und gar von menschlicher
Gestalt? Wenn er doch keiner war, wer war er
dann? Und welche Bedeutung hatten die Rosen?
Susanne hatte eine Rose in der Hand gehalten,
eine, die jener, die ich von ihm bekommen hatte

glich. Je länger ich wartete ohne daß er erschien,
desto wirrer wurde ich im Kopf und eine Frage
nach der anderen tauchte auf.
Ein blinder Mann kam vorbei, untergehakt von
einem weiteren Mann, der ihn führte. Der Blinde
erinnerte mich an Susanne, wie sie mit
geschlossenen Augen über die Gegenstände
gestrichen hatte und an ihren Satz, daß man mit
geschlossenen Augen besser sehen könne; die
Seele der Dinge erfassen. Alle Dinge hatten eine
Seele und wären Teil einer großen, hatte sie gesagt.
Meine Augen folgten dem Blinden und seinem
Begleiter bis ich sie nicht mehr sehen konnte, dann
gab ich es auf zu warten. Ich war mir jetzt sicher,
daß mein Schutzengel nicht mehr erscheinen
würde. >>Die Seele, der Geist, das Herz der
Dinge<<, sprach ich gedankenverloren vor mich
hin und ging zu einem Baum. Ich schloß die Augen
und legte eine Hand an seinen Stamm. Als nichts
geschah, ich nichts besonderes fühlte, öffnete ich
die Augen, nahm meine Hand von dem Baum, ging
einige Schritte zurück und blieb stehen. >>Die
Seele der Dinge,<< sprach ich erneut zu mir selbst
und wollte gehen als es mir so vorkam, daß
irgendwo eine leise dunkle Stimme >>Danke<<
und >>Auf Wiedersehen<<, sagte. Ich sah mich
um, doch weit und breit war niemand zu sehen.
Der Baum? Nein, Bäume sprechen nicht. Das
konnte nicht sein. Ich hatte mir eingebildet, daß der
Baum zu mir gesprochen hatte, sich bedankte und
Auf Wiedersehen sagte. Ja, Einbildung mußte das
gewesen sein. Erst mein Schutzengel, dann
Susanne und jetzt sprach der Baum?
Ich hatte festgestellt, daß ich mich nicht in einem
Traum befand, also brauchte ich wohl einen

Psychiater. Kannte ich einen Psychiater? Ich nahm mir vor, Stefan nach einem Psychiater oder Psychotherapeuten zu fragen. Er kannte unglaublich viele Leute. Sicher würde er auch einen Hirndoktor für mich kennen.
Unsicher sah ich mich um und als ich festgestellt hatte, daß niemand in der Nähe war ging ich wieder zu dem Baum, legte noch einmal meine Hand an seinen Stamm und schloß die Augen. Zwei, drei Minuten blieb ich so stehen und fühlte plötzlich eine eigenartige Wärme in mir. So etwas wie Geborgenheit. Ja, das drückt es wohl am besten aus. Ich kam mir geborgen vor. Ich berührte den Baum und er schien diese Berührung anzunehmen und sie zurück zu geben. Mir war ähnlich zu Mute als wenn man die innige Umarmung eines geliebten Menschen genießt. Auf merkwürdige Weise schienen der Baum und ich uns genauso zu umarmen.
Es fiel mir schwer mich von ihm zu lösen, aber ich dachte an Susanne und hatte mit einem mal Angst, daß sie nicht mehr dort war, wenn ich zurück kommen würde. >>Auf Wiedersehen, Baum<<, sagte ich leise und bildete mir erneut etwas ein, nämlich, daß der Baum lächeln würde.
Bildete ich es mir tatsächlich nur ein oder tat er es wirklich?
Lächelnde, sprechende Bäume. Ich schüttelte den Kopf. >>Alle Dinge habe eine Seele.<< Mehrmals wiederholte ich den Satz und beschloß, daß ich Stefan doch nicht nach einem Psychiater fragen würde. Dann fuhr ich nach Hause und beeilte mich, da ich es nicht erwarten konnte, daß sich meine Angst nicht bestätigen würde, daß Susanne nicht mehr dort war.

Warum hatte ich diese Angst, daß sie nicht mehr da war? Mein Schutzengel war nicht gekommen als ich auf ihn wartete und wenn sie nicht mehr da wäre, vielleicht wären dann die unheimlichen Tage vorüber und ich würde in mein normales Leben zurückkehren können. Doch wollte ich das überhaupt? Und was war mein normales Leben eigentlich?

Meine Gedanken wurden unterbrochen als ich am Ziel angelangt war. Ich fuhr den Wagen in die Garage und ging zum Fahrstuhl, verlor aber die Geduld auf ihn zu warten und rannte die Treppe hinauf.

Es dauerte einige Zeit meinen Puls zu beruhigen als ich oben ankam und meine Hand zitterte als ich die Wohnungstür aufschloß. Ich hielt inne und versuchte zu verstehen, warum ich so aufgeregt war. Mir fiel keine Antwort ein. Erst als ich mich mühsam einigermaßen beruhigt hatte betrat ich die Wohnung und empfand ein großes Glücksgefühl als ich feststellte, daß Susanne noch da war.

Ich strahlte sie an und als ich die verwunderte Reaktion in ihrem Gesicht sah erschrak ich und wurde verlegen. Meine Freude hatte ich deutlicher gezeigt als ich es wollte. Ich fühlte mich erwischt und wußte nicht warum. >>Ich... ich freue mich, daß du noch da bist<<, stotterte ich und sie lächelte mich an. >>Ehrlich gesagt wüßte ich gar nicht, wohin ich gehen sollte.<<

Meine Verlegenheit schwand nur langsam. Ihren Augen sah ich an, daß sie geweint hatte. Sehr geweint hatte. >>Hast du etwas gegessen?<<, fragte ich und sie verneinte. >>Dann hast du sicher Hunger.<< >>Wollen wir etwas essen gehen? Oder Pizza-Service?<<

Seit Andrea weg war wurde bei mir nicht gekocht.
Der eine Grund war, daß ich kein besonderes
Talent zum kochen hatte um nicht zu sagen gar
keines, der andere war der, daß es keine Freude
machte allein zu essen. Gerade wenn man allein aß
wurde man sich dessen besonders bewußt, daß man
allein war.
>>Pizza-Service ist in Ordnung.<< Vielleicht
täuschte ich mich, aber ihre Stimme klang fast
fröhlich, oder zumindest leichter und nicht mehr so
traurig.
Ich sah mich im Wohnzimmer um und stellte fest,
daß sie sich meine, beziehungsweise unsere
Büchersammlung vorgenommen hatte. Andrea
hatte neben einem Teil ihrer Kleider auch eine
große Anzahl ihrer Bücher dagelassen.
Ich rief den Pizza-Service an, bestellte uns etwas
zu essen, setzte mich ihr gegenüber und sah ihr zu,
wie sie in einem Buch versank. Baudelaires
Blumen des Bösen.
Während ich ihr beim Lesen zusah betrachtete ich
sie mir zum ersten mal als Frau. Bisher war sie für
mich nur ein Mensch, den ich am Vorabend davon
abgehalten hatte von der Brücke zu springen und
was ich getan hatte war überwiegend unbewußt
geschehen.
Ich sah sie an, während sie meine Anwesenheit
vergessen hatte und die Gedichte Baudelaires las,
wobei sie lautlos die Lippen bewegte.
Sie hatte dunkle Haare, die ihr glatt bis knapp über
die Schulter fielen und graue Augen. Sie war nicht
das, was man gemeinhin als eine Schönheit
bezeichnet, aber die Natürlichkeit ihres
ungeschminkten Gesichts gab ihr in meinen Augen
etwas besonderes. Mein Blick wanderte zu ihren

sich immer noch beim Lesen stumm bewegenden
Lippen und ich fand gerade ihren Mund
ausgesprochen schön.
Der Pizza-Lieferant unterbrach mein Studium.
Gleichzeitig schreckten wir beim Klingeln hoch.
Sie aus ihrem Buch und ich aus meiner
Betrachtung ihres Gesichts. Ich war ärgerlich, daß
ich unterbrochen wurde beim Betrachten Susannes.
Sie hatte nicht gemerkt, wie intensiv ich sie
angesehen hatte und ich war froh darüber. Erneut
wäre ich in Verlegenheit gekommen, wenn sie es
bemerkt hätte.
Seufzend stand ich auf und ging um unser Essen
entgegen zu nehmen.
Als ich zurück kam hatte sie das Buch beiseite
gelegt und fiel regelrecht über ihre Pizza her. Sie
hatte den ganzen Tag nichts gegessen und
offensichtlich großen Hunger, während mir das
Essen schwer fiel. Ich konnte nicht aufhören sie
anzusehen und in meinem Kopf arbeiteten all die
unbeantworteten Fragen, die ich mir nachmittags
gestellt hatte und neue waren dazu gekommen.
Wer war diese Frau? Und warum wollte sie gestern
abend von der Brücke springen?
Meine Pizza hatte ich nur halb gegessen und nun
saß ich da und sah ihr beim Essen zu. Als sie
bemerkte, wie ich sie ansah, lächelte sie. >>Ich
hatte Hunger, den ganzen Tag nichts gegessen.<<
>>Du brauchst dich nicht zu entschuldigen<<,
lachte ich. >>Verstehe schon.<<
Als sie fertig war mit essen, räumte ich die Kartons
aus denen wir die Pizza gegessen hatten weg, warf
das Geschirr in die Spülmaschine und ging auf den
Balkon hinaus, wo ich mir eine Zigarette ansteckte

und dem Himmel zusah, wie er sich verdunkelte.
Ein Gewitter kam auf.
Susanne war mir auf den Balkon gefolgt und stand
jetzt neben mir. Sehr nah bei mir, so nah, daß ich
nervös wurde.
Schweigend standen wir nebeneinander und sahen
hinaus. Intensiv fühlte ich die Spannung, die vor
Gewittern immer in der Luft liegt und wußte in
dem Moment nicht, daß da noch eine andere
Spannung war. >>Es gibt ein Gewitter<<, sagte ich
und fand mich wieder blöd, denn sie sah ja selbst,
daß es ein Gewitter geben würde und in der Ferne
war auch schon ein Grollen zu hören, doch ich
mußte etwas sagen um mich zu beruhigen. Die
Spannung, die Nervosität, die in mir war, lösen.
>>Ja<<, antwortete sie leise, >>ich mag
Gewitter<<, und ging wieder in das Wohnzimmer
zurück, wo sie sich wieder Baudelaires Gedichten
zuwandte, während ich noch eine Weile auf dem
Balkon stehen blieb, eine weitere Zigarette rauchte
und die ersten Blitze des Gewitters sah.
Langsam wurde ich ruhiger und fühlte beim
Ansehen der Blitze etwas ähnliches, wie das, was
ich bei der Berührung des Baums am Nachmittag
gefühlt hatte. Wieder dieses eigenartige,
angenehme Gefühl der Berührung. Auch dieses
Gewitter, die Blitze, der Donner, hatten eine Seele,
die ich jetzt spürte. Hatte ich jemals solche Dinge
in dieser Weise, auf diese Art wahrgenommen?
Alles sah ich auf einmal anders. Alles war neu für
mich. Ich kannte alles, doch es war alles anders.
Ich fing an, nicht nur mit meinen Augen zu sehen
und wurde in diesen Tagen neu geboren.
Fasziniert sah ich den immer heftigeren Blitzen zu
und genoß das Schauspiel der Natur noch eine Zeit

lang, bevor ich auch ins Wohnzimmer zurück ging
und wieder Susanne beim Lesen zusah.
Ich wollte reden, Fragen stellen, wollte wissen wer
sie ist, doch ich bekam kein Wort raus und
schwieg. Sie las weiter und kümmerte sich nicht
um mich. Nur ab und zu blickte sie vom Buch auf,
lächelte mich versonnen an und las dann weiter.
Wir waren unter einer Glocke, fernab von der
Welt, doch immer noch jeder für sich auf einer
Insel. So glaubte ich jedenfalls. Das zwischen uns
bereits ein festes Band bestand, wußte ich noch
nicht.
Das Gewitter hatte aufgehört, aber es regnete noch
heftig. >>Es gibt hier einen Park, wollen wir
spazieren gehen?<< Susanne sah mich erstaunt an.
>>Es regnet.<< >>Ja und?<<, entgegnete ich.
>>Wir werden uns erkälten.<< Ich mußte lachen.
Gestern abend wollte sie von einer Brücke
springen und heute fürchtete sie sich vor einer
Erkältung. Es gibt schon komische Situationen im
Leben.
Eine Zeit lang sah ich sie schweigend an, dann
stand ich auf und ging zur Tür. >>Komm!<< Sie
folgte mir zögernd und wollte einen Schirm
mitnehmen. >>Laß den Schirm hier, wir brauchen
keinen.<< Zweifelnd sah sie mich an und ließ dann
den Schirm wo er war.
Vor der Tür blieb ich stehen und atmete tief durch.
Die Luft war so frisch und angenehm, wie sie es
nur nach einem Gewitter ist. Der Regen prasselte
auf uns nieder und ich genoß es. Wieder spürte ich
die Seele der Dinge.
Ich reichte ihr meine Hand, die sie zögernd nahm
und als ich ihre Hand in meiner fühlte, glaubte ich,

daß sie sofort wieder loslassen würde, doch sie
hielt fest.

Hand in Hand schlenderten wir schweigend in den
Park und waren als wir ankamen bereits sehr naß
vom Regen. Wir gingen einfach immer weiter und
ich ignorierte das unangenehme Gefühl, daß die
nassen Kleider machten. Zu sehr genoß ich die
vom Gewitter gereinigte Luft, das kühlende Gefühl
der Regentropfen auf der Haut und Susannes Hand
in meiner.

Mit der Zeit merkte ich während wir gingen, daß
der Druck ihrer Hand fester wurde. Ihre
Unsicherheit ließ nach. Irgendwo erklang eine mir
vertraute Musik. Ich hörte die Musik, die ich
bereits am Morgen des vorhergehenden Tags
gehört hatte. >>Hörst du die Musik?<< Susanne
blieb stehen und horchte angestrengt. >>Nein, ich
höre nichts.<< Wahrscheinlich hielt sie mich in
dem Moment für verrückt. Mich, der ich mit ihr im
strömenden Regen durch den Park spazieren
wollte. Mich, der Musik hörte, wo absolute Stille
herrschte.

>>Ich höre Musik. Da ist eine große, wundervolle
Musik in der Welt.<< Ich mußte mich bremsen um
nicht anzufangen zu tanzen. Wenn sie die Musik
nicht hörte, konnten wir auch nicht zusammen
tanzen. >>Schade! Wenn du die Musik nicht hörst,
können wir jetzt auch nicht gemeinsam tanzen.<<
Wieder hielt sie an und sah mich, den Verrückten,
an. >>Tanzen...<< Dann fing sie an zu lachen.
Klar, sie mußte denken, ich drehe langsam durch
und wenn sie jetzt meine Hand losgelassen hätte
und davongelaufen wäre, hätte ich es ihr wohl
nicht übel nehmen können, doch sie ließ mich
nicht los. Statt dessen legte sie ihre Arme um mich

und wir begannen zu tanzen. Langsam bewegten wir uns zu einer Melodie, die nur für uns beide hörbar war und ich hatte das Gefühl, die Zeit und alle Welt hielt an. Wir hatten die Arme umeinander gelegt um zu tanzen, aber wir hielten einen gewissen Abstand. Keiner wollte dem Anderen zu nahe kommen, das heißt, ich wollte wohl schon, doch traute ich mich nicht.

Wir tanzten so lange bis der Regen aufhörte. Übereinstimmend war für uns beide die Musik zu Ende als der Regen aufgehört hatte. Er hatte uns das Orchester gemacht und jetzt war die Musik vorbei.

Als wir aufgehört hatten zu tanzen, standen wir uns eine lange Zeit gegenüber und sahen uns in die Augen. Beide wollten wir etwas. Ich weiß nicht, ob wir etwas sagen wollten, uns einfach nur umarmen oder küssen. Ich war mir nur sicher, daß wir beide dasselbe wollten, doch keiner von uns tat etwas oder sagte etwas.

Die Spannung war dann nicht mehr auszuhalten und ich nahm ihre Hand. >>Gehen wir.<< >>Ja, gehen wir<<, antwortete sie, drückte meine Hand sehr fest und ich kam mir vor wie ein Teenager bei der allerersten Verabredung mit einem Mädchen, der nun nicht wußte was er mit ihr anfangen sollte. Der nicht wußte wie er sich verhalten sollte, der Angst hatte etwas falsches zu tun oder etwas falsches zu sagen.

Als wir zurück waren, ging ich ins Schlafzimmer, zog die nassen Kleider aus, trocknete mich ab und zog mir etwas trockenes an. Susanne stand im Flur und sah aus als wartete sie auf etwas ohne zu wissen was es war, worauf sie wartete.

>>Du solltest dich auch umziehen, du weißt ja wo
alles ist. Sonst erkältest du dich noch wirklich.<<
Ich lachte sie aufmunternd an und fühlte mich sehr
glücklich. Ohne mir dessen bewußt zu sein, war
ich dabei mich in Susanne zu verlieben.
Im Wohnzimmer legte ich mich quer auf den
Boden und starrte gedankenlos Löcher in die Luft
während ich auf sie wartete.
Wie eine Ewigkeit erschien mir die Zeit, die ich
gewartet hatte und mein Herz schlug schneller als
sie kam.
Sie nahm eine Flasche Wein und zwei Gläser aus
der Bar, öffnete sie, goß die Gläser voll, reichte
mir eines und legte sich zu mir auf den Boden.
Wortlos prosteten wir uns zu. Meine Augen
konnten nicht von ihr weichen während sie wieder
nach irgendwohin sah. Ich war froh, daß der rote
Wein mein klopfendes Herz beruhigte und das
Klopfen nicht noch verstärkte.
Als sie zu sprechen anfing schloß ich die Augen
und hörte still zu. >>Letztes Jahr bekam ich
Krebs...<< Sie hielt inne und versuchte meine
Reaktion festzustellen. Ich blieb mit geschlossenen
Augen liegen und reagierte nicht. >>Brustkrebs<<,
fuhr sie fort. >>Ich mußte operiert werden, du
weißt schon.<< Sie wurde sehr leise als sie weiter
sprach. >>Als ich die Diagnose damals bekam,
verließ mich mein Mann und...<< Sie stockte
wieder und auch wenn ich sie nicht ansah, wußte
ich das Tränen in ihren Augen standen. >>Und er
nahm meinen Sohn mit als er mich verließ.<<
>>Dann hat er dich nicht geliebt.<< >>Liebe? Was
ist das, Liebe?<< Sie kämpfte erfolglos gegen die
Tränen an.

>>Ich wurde operiert und gegen den Krebs habe
ich gewonnen, aber ich habe einen hohen Preis für
diesen Sieg zahlen müssen.<< Erneut mußte sie
eine Pause machen. Als es ihr gelungen war die
Tränen etwas zu beruhigen sprach sie weiter.
>>Mein Mann war weg, mit meinem Kind und ich
war kein vollständiger Mensch mehr, keine
vollständige Frau. Weißt du, so oft habe ich mir in
den letzen Monaten gewünscht, daß der Krebs
gewonnen hätte. Warum bin ich nicht einfach
gestorben? Alles wäre einfacher gewesen. Ich habe
mich in meinem ganzen Leben nicht so einsam,
verloren und verlassen gefühlt wie in den letzen
Monaten. Und von den Folgen der Operation habe
ich mich nie erholt. Nicht körperlich. Das ist alles
in Ordnung. Fürs Erste, man weiß ja nie. Aber
innerlich bin ich durch das alles
zusammengebrochen. Ich lebe noch, doch fühle ich
mich nicht so, als ob ich noch lebe. Ich bin wie tot
in einem lebendigen unvollständigem Körper und
das Fehlen meines Kindes und die Enttäuschung
durch meinen Mann, der mich verließ als ich ihn
am meisten brauchte hat mir einen Teil meiner
Seele genommen. Was du siehst, wenn du mich
ansiehst ist nur noch ein Trümmerhaufen. Nur
noch Reste von mir. Das was übriggeblieben ist.<<
Sie hatte aufgehört zu weinen und ihre Stimme
klang bitter.
Ich öffnete die Augen um sie anzusehen. Lange
sah ich sie nur an und suchte nach Worten bis mir
klar wurde, daß es jetzt nichts zu sagen gab.
Ich kam ihr näher, strich ihr über den Kopf und
nahm sie dann in die Arme, wo sie erneut zu
weinen begann. Jetzt weinte sie sich richtig aus.
Alle Dämme, die in den letzten Monaten gehalten

hatten, brachen jetzt und die Tränen strömten aus
ihr heraus. Sie öffnete ihre Schleusen wie es der
Himmel vorher getan hatte um seinen
Gewitterregen auf uns niederzulassen. Ich hielt sie
fest und ließ sie weinen. Die Heftigkeit mit der sie
weinte, zeigte mir wie lange diese Tränen darauf
gewartet hatten aus ihr zu brechen, wie notwendig
ein solch hemmungsloses Weinen für sie war.
Während ich sie hielt, merkte ich wie mir ebenfalls
die Tränen in die Augen schossen und ich mußte
mich zusammenreißen um nicht genauso
hemmungslos mit zu weinen.
Sie fühlte sich geborgen und war froh, daß sie
endlich ihren Tränen freien Lauf lassen konnte und
von jemandem gehalten wurde. Sicher hätte sie es
jetzt nicht gebrauchen können, daß derjenige der
sie hielt, mit ihr weinte, also riß ich mich
zusammen und hielt meine Tränen zurück.
Während sie ihren Kopf an meine Brust gelehnt
hatte und weinte wurde mein Glücksgefühl immer
stärker und es war ein Glücksgefühl das mir bisher
nicht bekannt war. Ich war unglaublich glücklich,
daß ich für Susanne da sein konnte und sie halten
durfte. Ich glaube, daß ich mich nie zuvor so
glücklich gefühlt hatte wie in diesem Moment.
Zum ersten Mal begriff ich was es bedeutete für
jemanden da sein zu dürfen. So für jemanden
dasein zu dürfen, wie ich jetzt für Susanne da war.
Es dauerte bestimmt eine Stunde bis sie aufgehört
hatte zu weinen und auch danach lag sie noch eine
Zeit lang an mich gelehnt und ich hielt sie fest und
strich ihr gelegentlich über das Haar. Langsam
merkte ich wie sie sich beruhigte und wie befreit
sie sich fühlte.

>>Ich bin müde<<, sagte sie nach einer Weile des gemeinsamen Schweigens. >>Gut, du weißt wo das Schlafzimmer ist und kennst dich ja auch inzwischen einigermaßen aus. Ich werde hier aufräumen und es mir dann auf der Couch bequem machen.<< In ihren Augen waren Traurigkeit, Erleichterung, Erheiterung und wohl nach tausend andere Gefühle. Als ich ihren Blick sah wußte ich, warum es heißt daß die Augen das Fenster zur Seele sind. Ich sah das wilde Durcheinander von Gefühlen in ihren vom Weinen geröteten Augen und in meinen wird wohl das gleiche Chaos, eine gleiche Masse an ungeordneten Gefühlen zu lesen gewesen sein.

>>Du kannst auch...<<, fing sie an, doch ich unterbrach sie. >>Nein, ich werde hier auf der Couch schlafen.<< In mir war zwar ein anderer Wunsch, doch ich unterdrückte ihn. Ich weiß nicht warum. Vielleicht meinte ich, daß sie jetzt schwach war und ich jene Schwäche nicht ausnutzen wollte, vielleicht hatte ich aber auch nur Angst vor etwas, also gingen wir getrennt schlafen. Sie im Bett im Schlafzimmer und ich auf der Couch.

Da die beiden letzten Tage sehr lang gewesen waren, war ich sehr müde und es dauerte nicht lange bis ich eingeschlafen war. Ich träumte von im Park tanzenden, sprechenden und singenden Bäumen und Schutzengeln, die durch die Gegend flogen, und anders waren als meiner. Die Engel in meinem Traum hatten Flügel und sahen so aus, wie man sich Engel vorstellt, beziehungsweise so, wie sie auf Bildern zu sehen waren. Auch sprachen sie nicht, gingen nicht spazieren und setzen sich nicht zu denen, die sie schützen sollten auf eine Bank.

Nein, sie flogen durch die Gegend und retteten hier
mal eine Seele, dann wieder dort und alle in
meinem Traum hatten glückliche Gesichter.
Irgendwann tauchte ich selbst in meinem Traum
auf und stellte die Frage, warum der Mensch nicht
glücklich sein konnte. Alle unterbrachen ihre Tun.
Die Bäume hörten auf zu tanzen, die Engel flogen
nicht mehr durch die Gegend und auch die
geretteten Seelen, die inzwischen mit den Bäumen
tanzten, brachen ab und sahen mich an. >>Kann
der Mensch nicht glücklich sein?<<, fragte einer
der Bäume und ein anderer sagte, daß der Mensch
nicht glücklich sein kann, weil er es gar nicht will,
woraufhin ein kollektives Seufzen einsetzte, bis ein
weiterer Baum sprach. >>Laßt uns weitermachen,
laßt uns einfach weiterleben, tanzen, singen,
lachen.<< >>Und glücklich sein<<, setzte ein
nächster hinzu. Und so setzten sie ihre
unterbrochenen Handlungen fort. Die Bäume
sangen und tanzten wieder, während die Engel
über allem flogen und ab und zu brachte ein Engel
eine neue gerettete Seele mit, die sich dann an dem
Treiben beteiligte.
Ich stand verloren in meinem Traum in einer Ecke
und sah dem Trubel mit trauriger Miene zu, bis
einer der Engel zu mir kam und mir etwas ins Ohr
flüsterte: >>Einigen, wenigen Menschen gelingt
es. Sie können glücklich sein. Aber nur wenn sie
erkennen, wie einfach es ist und wenn es ihnen
gelingt auf die Stimme ihres Herzens zu hören.
Leider wissen die wenigsten Menschen, daß ihr
Herz eine Stimme hat und wenn sie diese doch
einmal vernehmen ignorieren sie die meistens.
Aber ein paar haben es geschafft und es werden
immer mal wieder auch ein paar andere

schaffen.<< Ob und wie der Traum dann weiter
ging weiß ich nicht mehr. An dieser Stelle bricht
meine Erinnerung ab.
Als ich morgens wie gerädert auf der Couch
erwachte, wunderte ich mich, daß ich mich an den
Traum erinnerte, denn es geschah nur selten, daß
ich mich an meine Träume erinnerte.
Ich sah nach draußen und stellte fest, daß nun
schon der dritte Tag hintereinander war an dem die
Sonne schien.
Mein Leben veränderte sich und auch dieser
Sommer schien es sich zu überlegen. Dann schlich
ich mich ins Schlafzimmer, sah nach Susanne, die
offenbar tief und fest schlief und kehrte
anschließend auf die Couch zurück, wo ich noch
einmal einschlief bis ich von Susanne geweckt
wurde, die mit ihren Fingerspitzen sanft über
meine morgendlichen Bartstoppeln strich.
Ich war einerseits überrascht und andererseits
glücklich über dieses zärtliche geweckt werden.
>>Wegen gestern abend, Entschuldigung.<<
Verschlafen sah ich sie an und schüttelte den Kopf.
>>Unsinn, es gibt nichts zu entschuldigen.<< Sie
sah mich aus traurigen Augen an. >>Doch...<< Ich
legte den Finger auf meine Lippen und bedeutete
ihr, daß sie schweigen sollte. Ihr mißlang der
Versuch eines Lächelns. >>Es gibt wirklich nichts,
wofür du dich entschuldigen müßtest<<,
wiederholte ich mich. Sie stand auf, ging in die
Küche und kochte Kaffee während mir mein
Traum wieder einfiel. In meiner Erinnerung hörte
ich den Engel, wie er mir erklärte, daß es einfach
ist glücklich zu sein, wenn man auf die Stimme des
Herzens hört und ich horchte nach dem, was mein

Herz mir erzählte und es sprach, doch ich konnte
nicht verstehen, was es mir sagte.
Während Susanne in der Küche für uns Frühstück
machte, zog ich mich an, ging zum Kiosk und
besorgte mir eine Zeitung. Die erste, die ich seit
Tagen las.
Ich überflog die Titelseite. Zwei Themen
beherrschten die Schlagzeilen: Gewalt von
Rechtsradikalen und unser ehemaliger
Bundeskanzler, der auf irgendeiner Veranstaltung
zum zehnten Jahrestag der Deutschen Einheit nicht
reden sollte oder durfte.
Mein Blick fiel auf die Nachrichten, wo ich las,
daß ein Mann wegen des Verdachts auf Besitz und
Verbreitung von Falschgeld festgenommen worden
war, beziehungsweise festgenommen werden
sollte, denn wie die Nachricht besagte, war er kurz
nach seiner Festnahme auf mysteriöse Weise
entkommen. Er war plötzlich spurlos
verschwunden.
In der Nachricht stand weiter, daß niemand der
Zeugen und der Polizisten den Mann beschreiben
konnte. Viele Leute hatten ihn gesehen, doch
niemandem gelang es eine Beschreibung zu geben.
Nur eines äußerten alle Zeugen übereinstimmend:
der Mann hatte ständig gelächelt. Ein seltsames
Lächeln. Bei der Bemerkung über das seltsame
Lächeln des Mannes stutzte ich und dachte an
meinen Schutzengel und mir fiel auf, daß ich ihn
auch nicht hätte beschreiben können, stellte aber
keinen weiteren Zusammenhang zwischen ihm und
dieser Nachricht her. Außerdem lenkte eine
weitere kurze Nachricht meine Gedanken davon
ab. Das Hotel am Hafen Hamburg hatte einen
weiblichen Gast aus Frankfurt als vermißt

gemeldet und die Polizei hatte den von ihr
gemieteten Wagen auf einer Brücke
gefunden. In der Nachricht wurde der Name der
vermißten Frau mit Susanne R. abgekürzt und eine
kurze Beschreibung gegeben, sowie die Bitte der
Polizei sich an eine angegebene Telefonnummer zu
wenden, wenn jemand Hinweise auf den Verbleib
der Frau hatte.
Sie war also aus Frankfurt. Ich wußte etwas neues
von ihr und freute mich darüber, doch gleichzeitig
klingelte es bei mir Alarm, denn mir kam sofort
der Gedanke, daß sie wieder nach Frankfurt
zurückfahren würde und ich stellte fest, daß mir
das Angst machte. Die Angst wunderte mich, denn
mir war noch immer nicht klar geworden, daß ich
mich in sie verliebt hatte.
Während wir frühstückten las ich ihr vor, was in
den Zeitungsnachrichten stand und sie sagte, daß
sie sich wohl bei der Polizei und im Hotel melden
müßte um die Situation aufzuklären. Susanne bat
mich um die Zeitung und las die Nachricht noch
mal selbst. Sie las auch von dem Mann, der wegen
des Verdachts auf Besitz von Falschgeld verhaftet
werden sollte und auf mysteriöse Weise
verschwunden war. >>Komisch<<, sagte sie
nachdenklich. >>Was ist komisch?<< >>Hast du
das gelesen von dem Mann mit dem Falschgeld?<<
>>Ja, warum?<<
Die Rose, die Susanne bekommen hatte, war in
einer Vase auf der Fensterbank in der Küche und
ich konnte meinen Blick nicht von ihr lassen.
Magisch wurden meine Augen von der Rose
angezogen und ich bildete mir ein, daß die Rose
sich veränderte. Ich sah das Gesicht meines
Schutzengels.

Durch die Rose war er anwesend.
Susanne fiel auf, wie ich die Rose ansah und das
ich mich nicht von ihr abwenden konnte.
>>Warum starrst du so auf die Rose?<< Ich
antwortete nicht und fragte noch mal, was denn mit
dem Mann und seinem Falschgeld wäre, worauf
Susanne erzählte, wie sie zu der Rose gekommen
war.
Ein seltsamer Mann hatte ihr an dem Abend, an
dem wir uns trafen in einer Kneipe die Rose
geschenkt und jener Mann hatte auch ein seltsam
wirkendes Lächeln auf dem Gesicht gehabt.
Außerdem war er sehr großzügig mit Geldscheinen
umgegangen.
>>An diesen Mann mußte ich denken als ich das
las.<<
Normalerweise hätte ich mich gewundert, hätte
gestaunt über diesen außergewöhnlichen Zufall,
aber nach den letzten Tagen wunderte mich nichts
mehr und an Zufall was mein Zusammentreffen
mit Susanne und meinem Schutzengel betraf
glaubte ich nicht mehr.
Wortlos stand ich auf, ging zum Auto hinunter und
holte die Rose, die ich von jenem seltsamen Mann,
meinem und wahrscheinlich auch ihrem
Schutzengel, bekommen hatte. Die Rose hatte seit
dem Abend als ich Susanne von der Brücke holte
auf der Rückbank meines Autos gelegen und hatte
die Tage ohne Wasser überlebt. Auch darüber
wunderte ich mich nicht.
Als ich mit der Rose in der Hand zurückkam sah
Susanne mich fragend an. Ich tat meine Rose zu
ihrer in die Vase und erzählte ihr von meinen
beiden Begegnungen mit dem seltsamen Mann, der
ständig lächelte. Ich erzählte Susanne auch von der

Situation, in der ich mich befand und den Gedanken, die ich hatte, als sich der Mann zu mir auf die Bank setzte. >>Deswegen glaube ich, daß er mein Schutzengel ist, obwohl ich mir anfangs selbst albern vorkam damit, aber vielleicht ist er auch deiner.<<

Mit einem verwirrten Ausdruck in den Augen hörte sie mir zu, als ich ihr das erzählte. Manchmal setzte sie an um etwas zu sagen, unterließ es dann aber doch.

>>Vielleicht ist er auch noch mehr als nur unser beider Schutzengel.<< >>Mehr?<< >>Ich weiß auch nicht. So eine Art Verkörperung des Schicksals vielleicht? Es ist ja nicht nur, daß er mich aus meinen trüben Gedanken gerissen hat und mich wahrscheinlich vor *dem* Schritt bewahrt hat, sondern er hat mich auch zu dir geführt.<<

>>Er hat dich zu mir geführt? Wie das?<< In ihren Augen war immer größere Verwirrung zu lesen. >>Ja, als ich mich in das Auto setzte und zur Brücke fuhr, war mir die ganze Zeit, als ob ich von jemand geführt werden würde und nun wo ich von deiner Begegnung mit ihm weiß und die Geschichte der Rose kenne, bin ich mir fast sicher, daß er es war und daß diese Rosen ein Ausdruck unserer Verbindung sind. Sie sind das äußere Zeichen für das Band das zwischen uns geknüpft ist und wenn er nicht selbst uns dieses Band gezeigt hat, dann sollten wohl die beiden Rosen es uns zeigen.<<

Susanne sah zu der Vase mit den beiden Rosen. >>Wenn er nicht in dieser Kneipe gewesen wäre und mir diese Rose geschenkt hätte, dann würde ich dich für verrückt erklären.<< Sie schüttelte heftig den Kopf. >>Es ist eine unglaubliche

Geschichte und wenn ich nicht selbst mittendrin
wäre, dann würde ich sie nicht glauben.<<
>>Ich auch nicht.<<
Dann war Stille zwischen und wir sahen uns direkt
in die Augen. So lange bis die Spannung
unerträglich wurde und wir beide unseren Blick
voneinander lösen mußten.
Susanne stand auf. >>Ich werde mich bei der
Polizei melden und ins Hotel fahren.<<
Ich fragte sie, ob ich sie fahren solle, doch sie
lehnte ab.
Als sie gegangen war blieb ich noch lange sitzen
und versuchte meine Gedanken zu ordnen und
gegen
die Angst anzugehen, daß sie nicht wiederkommen
würde, die in mir aufkam.
Warum hatte ich solche Angst? Warum hatte ich
das Bedürfnis, sie bei mir zu behalten? Nach den
zwei Tagen, die wir uns jetzt kannten. Ich verstand
das nicht. Mein Kopf begriff nicht was in meinem
Herzen vorging. Er merkte zwar, daß etwas
vorging, aber nicht was es war.

4

Susanne nahm die U-Bahn und fuhr zuerst zum nächstgelegenen Polizeirevier, wo sie sich mit dem Hinweis auf die Zeitungsnachricht meldete und eine Geschichte erfand, daß sie eine Freundin getroffen hatte und versackt war. Anschließend fuhr sie ins Hotel am Hafen, wo sie die gleiche Geschichte noch einmal erzählte und ihre Sachen abholte.

Das Zimmer war noch für zwei Tage reserviert und als sie aus dem Zimmer, den gerade an solch strahlenden Tagen, wie es einer war, wundervollen Ausblick genoß, war sie unsicher was sie nun eigentlich wollte. Zurück zu Tom? Oder nach Frankfurt, nach Hause zurück? Hier im Hotel bleiben? Unschlüssig ging sie im Zimmer auf und ab, packte ihre Sachen ein um sie wenige Augenblicke später wieder auszupacken, sah zwischendurch immer wieder nach draußen in die Ferne und fand keinen klaren Gedanken.

Warum war Tom plötzlich aufgetaucht, als sie entschlossen war ihrem Unglück ein Ende zu setzen? Diesem unglücklichen, quälenden Leben. Sie stellte fest, daß sie sich die letzten Tage bei Tom sehr wohl gefühlt hatte. Geborgen, und ihr Unglück ein bißchen vergessen hatte. Doch was war es? War es nur das Gefühl nach dem *gerettet werden*? Oder war da mehr? Hatte der Mann mit den Rosen wirklich eine tiefere Bedeutung? War er vielleicht tatsächlich vom Schicksal geschickt? Sie dachte an die Nachricht von dem Mann mit dem Falschgeld und versuchte sich an den Mann in der Kneipe zu erinnern, doch so sehr sie sich auch anstrengte, sie konnte ihn sich nicht eindeutig ins Gedächtnis zurück rufen. Da war nur der Eindruck

67

von dem seltsamen Lächeln. Ein Lächeln, das so
viel Güte, so viel Wärme in sich hatte, wie sie es
noch nie vorher bei einem Menschen erlebt hatte.
Hatte Tom vielleicht Recht mit seinen
Andeutungen, daß er ein Engel sei?
Susanne mußte über sich lachen. Unsinn. So etwas
gibt es nicht. Es muß ein Mensch sein. Aber wie
kam es dann zu der Geschichte mit den Rosen?
Das paßte zu gut zusammen, als daß es reiner
Zufall sein konnte.
Zum fünften mal packte sie jetzt ihre Taschen und
Gedanken an Tom vertrieben das Nachdenken über
den lächelnden Mann. Sie faßte den Entschluß, zu
Tom zurück zu fahren und dann zu entscheiden,
was sie weiter tun würde.
Kurz hatte sie daran gedacht, einfach nach Hause
zu fahren. Ohne Worte, ohne sich zu
verabschieden, Tom, die Rosen und den lächelnden
Mann hinter sich zu lassen; doch sie fühlte, daß sie
etwas festhielt. Tom hatte von einem Band
gesprochen und richtig, sie fühlte sich mit ihm
verbunden auf eine tiefe, unbeschreibliche Weise.
Da gab es eine Ebene, die über das hinausging,
was sie erlebt hatten. Es war nicht nur, daß er sie
wahrscheinlich davor bewahrt hatte von der
Brücke zu springen. Sie wußte plötzlich, daß da
mehr war, auch wenn ihr nicht klar war, was es
war. Nur eines wußte sie ganz bestimmt; sie wollte
und konnte jetzt nicht einfach so wegfahren.
Jetzt, nach nur wenigen Stunden, die sie ihn nicht
gesehen hatte, spürte sie so etwas wie Sehnsucht
aufkommen. Es machte ihr Angst. Monatelang
hatte sie sich gegen Gefühle abgesperrt, hatte in
einem Gefängnis aus Unglück und Trauer gesessen
und nun hatte sie so etwas wie Glück und

Geborgenheit gefühlt. Es war für sie unvorstellbar gewesen, daß sie jemals wieder so etwas fühlen würde. Sie hatte unter diesen extremen Umständen einen Mann kennengelernt von dem sie nichts wußte, der ein Fremder war und doch hatte sie instinktiv ein ungeheures Vertrauen zu ihm.
>>Komisch, diesem Mann würde ich ohne zu Zögern mein ganzes Leben erzählen, meine tiefsten Geheimnisse und Gedanken.<< Susanne sprach jetzt laut zu sich selbst. >>Und ich sehne mich nach ihm.<< Sie legte sich auf das Bett des Hotelzimmers.
Nachdem sie die Augen geschlossen hatte, entstand das Bild von Tom vor ihren Augen, der auf seinem Bett lag; jenem Bett, in dem sie die letzten Nächte geschlafen hatte.
Sie stellte sich vor Tom zu küssen und ihn dann auszuziehen. Dann zog er sie aus und sie küßten und berührten sich lange und mit einer Zärtlichkeit, die sie noch nicht erlebt hatte. Obwohl sie in ihrem Traum nicht vollendet miteinander schliefen, kam Susanne zu einem Höhepunkt. Nur durch die Vorstellung der Berührungen. Sie erreichte ihn nur durch ihre Phantasie. Es war nicht nötig, daß sie sich anfaßte. Allein durch die Vorstellung von ihm gestreichelt zu werden und ihn zu streicheln kam sie zu einem Orgasmus.
Als sie die Augen wieder öffnete und aus ihrem Tagtraum erwachte, seufzte sie tief, richtete sich auf und ließ sich dann erschöpft in die Kissen zurück fallen.
Habe ich mich in Tom verliebt?, fragte sie sich und der Gedanke machte ihr weiter Angst.
Sie schüttelte sich um einen klaren Kopf zu bekommen, ging ins Bad und schüttete sich zwei

Hände voll kaltes Wasser ins Gesicht.
Im Spiegel sah sie ein verändertes Gesicht. Leben
war in dieses Gesicht zurückgekehrt und es war
erschreckend, sich daran zu erinnern, wie es noch
vor wenigen Tagen ausgesehen hatte. Aus der
kalten, leblosen Fratze war wieder ein richtiges,
menschliches Gesicht geworden.
Susanne sah ihr Spiegelbild an wie einen fremden
Menschen, dem man plötzlich begegnet und der
einem irgendwoher bekannt vorkommt.
Bevor sie ging sah sie noch einmal zum Fenster
hinaus und verschlang zum letzten Mal den
wundervollen Ausblick auf den Hafen von
Hamburg.
In der Ferne war die Brücke zu sehen auf der sie
gestanden hatte und hinunter springen wollte,
bevor Tom kam und sie davon abhielt. Ihr wurde
bewußt, daß ihr Leben einfach noch nicht zu Ende
sein sollte.
Sie verließ das Hotel mit ihren zwei Reisetaschen,
nahm sich ein Taxi, sah auf die Visitenkarte von
Tom, die sie mitgenommen hatte, um dem Fahrer
seine Adresse nennen zu können und freute sich
darauf ihn wieder zu sehen. Gleichzeitig war es ihr
vor ihr selbst irgendwie unangenehm, daß sie in
ihrer Phantasie fast mit ihm geschlafen hatte und
daß sie es jetzt nicht erwarten konnte wieder bei
ihm zu sein, obwohl sie sich doch nur wenige
Stunden nicht gesehen hatten.
Während der Fahrt versuchte sie festzustellen, was
es war, das sie fühlte. Erneut fragte sie sich, ob sie
sich in Tom verliebt hatte, ob es rein sexuelle
Anziehungskraft war, oder ob es nur daran lag, daß
da plötzlich jemand war, dem sie vertraute, der ihr
ein Gefühl der Geborgenheit gab, und

verständnisvoll erschien. Gefühle, die sie seit einer
Ewigkeit nicht mehr verspürt hatte, wenn
überhaupt jemals.
Auch das war eine Frage, die in ihrem Kopf
aufgetaucht war. Hatte es so etwas für sie
überhaupt schon einmal gegeben? Absolutes
Vertrauen, Geborgenheit?
Während sie versuchte, sich daran zu erinnern, ob
ihr Mann ihr das gegeben hatte, geben konnte, sah
sie aus dem Fenster des Taxis und sah einen Mann,
der ihr bekannt vorkam, in eine Spielhalle gehen.
Es dauerte einen Augenblick bis sie wußte wer der
Mann war und sie waren schon ein Stück weit
gefahren als sie den Fahrer bat anzuhalten.
Der Mann, der in die Spielhalle gegangen war, war
der Mann aus der Kneipe mit der Rose.
Der Fahrer hielt bei der nächsten Gelegenheit und
Susanne saß unschlüssig im Wagen und wußte
nicht, ob sie dem Mann folgen sollte.
Leben ist, Leben werden sein. Liebe ist, Liebe wird
sein. Der Satz kam ihr ins Gedächtnis zurück und
danach Toms Erzählung von seinen Begegnungen
mit dem Schutzengel.
Wenn es keine Zufälle gibt und diese ganze
Geschichte keiner ist, dann ist es wohl auch keiner,
daß ich ihn hier und jetzt wiedersehe, dachte sie
sich, bezahlte den Fahrer und stieg aus.
Mit langsamen, unsicheren Schritten ging sie auf
die Spielhalle zu, in die sie ihn hinein gehen
gesehen hatte. Ihre Gedanken rotierten und sie
fragte sich, was sie eigentlich von ihm wollte. Wie
sollte sie ihn ansprechen, was wollte sie ihm
sagen?

Ihre Knie waren weich und sie zögerte einen langen Moment bevor sie sich entschließen konnte die Spielhalle zu betreten.

Susanne sah sich um. Es dauerte bis ihre Augen sich an das schummrige Licht gewöhnte hatten. Der Mann mit dem seltsamen Lächeln saß vor einem der Automaten und spielte. Außer ihm befanden sich noch zwei weitere Spieler in der Automatenhalle. Eine ältere Frau, gepflegten, aber unauffälligen Aussehens saß hinter einem langen Tresen und nickte ihr mit gelangweiltem Gesichtsausdruck zu. Radioklänge mischten sich mit dem Piepsen und Rattern der Spielautomaten. Susanne mochte Spielhallen nicht, doch sie kannte sich aus damit und erkannte, daß alle drei Spieler einschließlich des Mannes, wegen dem sie hier war, gewannen. Die beiden anderen Spieler hatten sich umgedreht als sie kam und sie kurz gemustert bevor sie sich wieder ihren jeweiligen Automaten zuwandten. Der Mann mit dem seltsamen Lächeln hatte keine Reaktion gezeigt. Er saß weiter vor dem Automaten und drückte die Tasten des Geräts. Susanne konnte sein Gesicht nicht sehen, dennoch nahm sie sein Lächeln wahr, spürte so etwas wie seine Aura. Sie wechselte bei der Frau am Tresen einen Zwanzig-Mark-Schein in Fünf-Mark-Münzen und setzte sich vor einen Automaten in der Nähe des Mannes, dem sie gefolgt war. Nachdem sie ihren Automaten mit den Münzen gefüttert hatte, worauf dieser anfing zu blinken und zu piepen und dessen Scheiben rotierten, drehte sie sich um und ihre Aufmerksamkeit galt ausschließlich dem Schutzengel.

Obwohl dieser sich noch immer nicht umgedreht hatte und sich scheinbar ausschließlich auf das

Gerät vor ihm konzentrierte, bekam sie das Gefühl,
daß er sich ihrer Anwesenheit bewußt war und
auch genau wußte wer sie war. Sie spürte etwas
unheimliches, nicht erklärbares.
Einer der anderen beiden Spieler hatte genug
gewonnen und drückte auf eine Taste, woraufhin
ein längeres Geklimper von fallenden Münzen zu
hören war.
Der Schutzengel drehte sich zu dem gewinnenden
Spieler um und Susanne konnte, obwohl sie sein
Gesicht nicht sah, das Lächeln erkennen und
hoffte, daß er sich zu ihr umdrehen würde, auch
wenn sie immer noch nicht wußte, was sie von ihm
wollte; warum sie ihm gefolgt war.
Auch bei dem zweiten Spieler klimperten jetzt
gewonnene Münzen, die in den Schacht des
Automaten fielen und auch zu diesem drehte sich
der Schutzengel kurz um und lächelte ihn an.
Beide Spieler bemerkten seinen Blick nicht. Für sie
gab es in diesem Moment nur den Automaten, der
Geld ausspuckte und es war ihnen anzusehen, daß
sie das seltene Glücksgefühl genossen und nichts
aus ihrer Umgebung wahrnahmen.
Vermutlich Süchtige oder zumindest
Gewohnheitsspieler, dachte Susanne und
konzentrierte sich wieder auf den Schutzengel..
Während sie die Geräusche des Automaten, an
dem sie spielte, nur im Unterbewußtsein hörte und
ihm nur selten Aufmerksamkeit schenkte um
mechanisch die Tasten zu bedienen, wurde es
immer schwerer die Geduld zu wahren. Ständig
wurde der Wunsch größer zu ihm zu gehen und ihn
anzusprechen, aber da ihr auch bei angestrengtem
Nachdenken nicht einfiel, was sie ihm hätte sagen
sollen, blieb sie sitzen und wartete weiter darauf,

daß er von dem Automaten abließ und seine
Aufmerksamkeit ihr schenkte.
>>Jetzt glauben sie, daß sie gewonnen haben, aber
am Ende verlieren sie doch immer.<< Plötzlich
und ohne sich umzudrehen hatte er gesprochen.
Die Stimme wirkte gleich vertraut. Leise, warm
und doch deutlich.
Susanne war erleichtert, daß er etwas sagte und
fühlte sich doch unbehaglich. Seine Präsenz war
beeindruckend.
>>Ich war ein paar mal am großen Bahnhof in den
letzten Tagen. So viele verlorene Seelen ohne
Hoffnung.<< Er schien über seine weiteren Worte
nachzudenken. >>So viele, die jede Möglichkeit
haben ihr Leben glücklich zu gestalten, scheitern
an ihrer Angst. An der Angst zu leben, der Angst
vor der Liebe, an der Angst vor dem Verlust. Sie
sollten sich öfter diejenigen ansehen, die wirklich
ohne jede Hoffnung leben.<< Der Schutzengel
bediente die Taste, die den Automaten zum Geld
ausspucken brachte.
Als das Klimpern der Münzen begann, drehte er
sich zu ihr um. Sein Gesicht kam ihr verändert vor
seit der ersten Begegnung, doch das vertraute
Lächeln war genau wie bei der ersten Begegnung.
Er sah sie lange an, als wartete er darauf, daß sie
etwas sagte, doch Susanne schwieg weiter. Sie
hatte das Gefühl, daß sie viele Fragen an ihn hätte,
doch aus ihr unerfindlichen Gründen konnte sie
nicht sprechen. Ein Kloß saß in ihrem Hals.
Vielleicht lag es an seinem Blick. Der Schutzengel
sah sie nicht einfach nur an. Es war als sähe er
ganz tief in sie hinein.
Sie fühlte sich nackt vor ihm, nicht in einem
körperlichen Sinn, sondern so als würden ihre

sämtlichen Gedanken, ihre Gefühle, ihr Innerstes, ausgebreitet vor ihm lagen und das war es, was ihr ein lähmendes Unbehagen bereitete.

Die Geräusche der Spielautomaten hörte sie nicht mehr und die Anwesenheit der Frau hinter dem Tresen hatte sie vergessen. Susanne befand sich mit dem Schutzengel in einem Vakuum und ebenso wenig wie sie sprechen konnte, hätte sie sich nicht bewegen können, wenn sie es gewollt hätte.

>>Du hast Angst. Wovor?<< Er wartete keine Antwort ab, als wüßte er, daß sie nicht sprechen konnte, oder als ob er die Antwort kannte. Sein Lächeln wurde noch stärker. Der Schutzengel leuchtete.

Der Automat hatte inzwischen aufgehört Münzen auszuspucken und er steckte sie lose in die Hosentasche bis auf eine, mit der er in seiner Hand spielte ohne den Blick von Susanne zu lassen.

>>Geld. Viele Menschen glauben, daß Geld Glück bedeutet.<<

Eine kurze Pause folgte, bevor er weiter sprach.

>>Ich kann dir keine Antworten auf deine Fragen geben. Höre was dein Herz zu dir spricht und befolge seinen Rat. Du wirst dich immer wohl fühlen, wenn du deinen Weg mit deinem Herzen zusammen gehst, egal wie dieser Weg aussieht. Mehr als dir einen möglichen Weg zeigen, kann ich nicht tun und das habe ich bereits getan.<<

Ohne es zu wollen formten Susannes Lippen lautlos Toms Namen.

>>Liebe ist.<< Mit diesen zwei Worten stand er auf und ging ohne sich zu verabschieden. Ihre Augen folgten ihm bis er gegangen war. Der Schutzengel drehte sich nicht mehr um.

Als er weg war fühlte sie sich als wenn sie gerade
aus einem Traum erwachte. Irritiert sah sie sich um
und wußte nicht wo sie war. Es dauerte einige
Minuten bis sie aus dem Vakuum, in dem sie sich
befunden hatte zurückkehrte.
Die Frau am Tresen, die der Szene die ganze Zeit
zugesehen und zugehört hatte, sah sie
verständnislos an und Susanne lächelte hilflos
zurück, ohne etwas zu sagen. Was hätte sie ihr
auch sagen sollen? Außerdem war sie immer noch
gefangen genommen von diesem Mann und seiner
gewaltigen Aura. Sie bemerkte wie es deutlich
kälter wurde und erst dadurch wurde ihr bewußt,
welche Wärme bis eben noch gewesen war.
Eine unnatürliche, sehr große, aber angenehme
Wärme hatte geherrscht, so lange der Schutzengel
dagewesen war und jetzt sank die Temperatur in
rasender Geschwindigkeit.
Susanne sah die Frau am Tresen an und fragte sich,
ob sie es auch so empfand, aber die starrte sie
immer noch verständnislos an und sonst war ihr
nichts anzumerken.
Susanne dachte nicht an ihren Automaten, dessen
Gewinnanzeige auch eine beträchtliche Höhe
erreicht hatte und verließ die Spielhalle, wobei sie
sich wie von einem Magneten gezogen fühlte.
Sie winkte einem vorbeifahrenden Taxi und fuhr
zu Tom.

5

Nachdem Susanne gegangen war, war ich etwas essen gegangen und hatte anschließend einen Spaziergang im Park unternommen, wo ich hoffte einen klaren Kopf zu bekommen.
In meinem Kopf herrschte ein Chaos und das Einzige woran ich denken konnte war Susanne. Sie ging mir nicht mehr aus dem Kopf, so sehr ich auch versuchte, die Gedanken an sie abzustellen. Nachdem ich vom Spaziergang zurück war legte ich mich müde ins Bett. In das Bett, in dem Susanne die letzten Nächte verbracht hatte. Ich konnte sie in der Bettwäsche riechen und ihr Geruch ließ in mir schnell ein körperliches Verlangen nach ihr wachsen.
Ich hatte eine der beiden Rosen aus der Vase in der Küche genommen und hielt sie in der Hand während ich auf dem Bett lag und mit geschlossenen Augen daran dachte, wie es wäre mit ihr zu schlafen. Die Phantasie steigerte sich so heftig, daß ich, obwohl sie nicht körperlich anwesend war hinterher nicht sagen konnte, ob es wirklich nur Phantasie war oder ich tatsächlich mit ihr geschlafen hatte. Ich verspürte genau das gleiche Glücksgefühl und die gleiche körperliche Erschöpfung als wenn wir tatsächlich miteinander Sex gehabt hätten. Dann schlief ich ein.
Es war schon später Nachmittag als ich, noch immer mit der Rose in der Hand, erwachte und mein erster Gedanke galt Susanne. Ich sah auf die Uhr und als ich feststellte, wie spät es schon war und daß sie bereits zurück sein müßte war die Angst wieder da, daß sie nicht wieder kommen würde, immer noch gemischt mit dem körperlichen Verlangen nach ihr.

Ich blieb liegen und versuchte beides zu beruhigen,
sowohl die Angst als auch das Begehren. Es war
aber vergeblich. Im Gegenteil, beide Gefühle
stiegen immer weiter an und die Spannung in mir
drohte mich zu zerreißen. Mein Herz raste mit
bedrohlicher Geschwindigkeit.
Ich ging ins Bad und duschte abwechselnd heiß
und kalt, was zumindest die körperlichen
„Beschwerden" beruhigte. Der Herzschlag nahm
wieder normale Dimensionen an und ich wurde
langsam ruhiger. Dann legte ich mich im
Wohnzimmer auf die Couch nachdem ich den
Fernseher angeschaltet hatte und versuchte etwas
zu lesen. Es gelang mir aber nicht mich auf etwas
davon zu konzentrieren, weder auf das Buch, noch
auf den Fernseher. In meinem Kopf spukte ihr
Name und vor meinen Augen sah ich ständig ihr
Gesicht und in rasender Geschwindigkeit
wechselnd, Bilder von Rosen und Engeln. Auch
von meinem oder unserem Schutzengel.
Die Bilder hatten keinen Zusammenhang. Es war
als liefen vor meinem geistigen Auge viele kleine
unzusammenhängende Filme ab. Ohne Ton und
ohne Handlung. Das Tempo der ablaufenden Filme
war schwindelerregend. Fühlte man sich so, wenn
man in einem Drogenrausch war?
Ich stand wieder auf, ließ das Buch und den
Fernseher links liegen und wanderte ziellos in der
Wohnung hin und her.
Britta hatte mal gesagt: >>Wenn man verliebt ist,
ist das wie ein Rausch. Man ist in einer anderen
Welt. Wenn man Glück hat, dann hält dieser
Rausch eine lange Zeit an und er rettet sich hinüber
in die Zeit der Liebe. Wenn man Pech hat kommt
irgendwann, bei den einen früher, bei den anderen

später, die Ernüchterung und der schmerzhafte Kater. Wenn man ganz großes Glück hat, hält dieser Rausch ein Leben lang an.<<
An diese Worte mußte ich denken und da ich mich wie in einem Rausch befand, war ich wohl tatsächlich verliebt. Nie zuvor hatte ich das so intensiv erlebt, auch bei Andrea nicht, die ich zu lieben geglaubt hatte. Da kam zwar auch die Ernüchterung mit dem Kater, aber soweit ich mich erinnern konnte, befand ich mich nie in einem solch rauschhaften Zustand wie jetzt, auch nicht am Beginn meiner Beziehung zu ihr, wobei ich nicht weiß, ob es diesen Rausch wirklich nicht gegeben hatte, oder ob ich mich einfach nicht dran erinnern konnte. Jetzt war er da. Die Welt erschien mir in ganz anderen Farben; bunter, fröhlicher, wirksamer, intensiver und vor meinen Augen liefen ständig Filme ab, deren rasende Geschwindigkeit mich unruhig machte und mein Herz zum schneller schlagen brachte und ich fühlte eine erotische Spannung zwischen Susanne und mir, obwohl wir uns noch nicht einmal geküßt hatten.
Es war für mich nicht nachvollziehbar, wie sich diese Spannung aufgebaut hatte. Vielleicht war sie schon vom ersten Moment an da. Von jenem Augenblick an, in dem wir uns auf der Brücke begegnet waren.
Spätestens während unseres Tanzes im Regen im Park hatte sie begonnen und sie hatte sich dann immer weiter gesteigert, mal mehr und mal weniger spürbar und in diesen Stunden wo sie nicht bei mir war, stieg sie ins unermeßliche, ins unerträgliche. Wenn sie nicht bald wieder käme, würde ich verrückt werden, fürchtete ich.

Mein Rausch wurde abrupt von der Frage
abgebrochen, ob Susanne auch so etwas fühlte.
Vielleicht kann man so etwas nur spüren, wenn
zwei das Gleiche fühlen, vielleicht war das aber
auch nur meine Hoffnung. Denn nachdem ich mir
nun sicher war, daß ich verliebt war, fing die
Hoffnung an, daß es ihr genauso ging.
Man soll wunschlos und ohne Erwartungen lieben
können, hatte ich mal irgendwo gelesen.
Ich glaube, daß das in der Phase, in der man sich
verliebt, absolut unmöglich ist. Später vielleicht,
wenn man dann einen Menschen wirklich liebt und
der größte Wunsch, den man hat, der ist, daß der
geliebte Mensch glücklich ist, unabhängig vom
eigenen Glück; dann geht es vielleicht, aber auch
da bin ich mir nicht sicher. Vielleicht sollte es so
sein, aber ich weiß nicht, ob ein Mensch zu so
einer bedingungslosen Liebe, die vom Anderen
nichts erwartet, nichts wünscht, keine Ansprüche
stellt, tatsächlich fähig ist.
In der Zeit, wo man verliebt ist, wünscht man sich,
daß der andere einem das gleiche Gefühl entgegen
bringt und wenn man nicht zusammen ist, sehnt
man sich nach der Nähe des Anderen und meine
Sehnsucht nahm unerträgliche Ausmaße an.
Vielleicht auch deshalb, weil da die Furcht war,
daß Susanne nicht zurück kam.
Ich setzte mich vor den Fernseher und sah einer
Sendung zu, irgendeiner von den täglichen
Seifenopern, von der ich nicht begriff, worum es
ging und die mich auch nicht interessierte, aber sie
lenkte mich von den Gedanken und besonders von
der Angst etwas ab.
Manchmal sah ich auch zur Tür, als wenn ich ihre
Rückkehr dadurch hätte beschleunigen können.

Als es dann endlich klingelte und ich von dem anstrengenden Warten erlöst wurde, wäre ich fast in olympiareifem Sprintertempo zur Tür gerast. Mein Puls und mein Herzschlag jagten sich gegenseitig jedoch in solch bedrohliche Höhen, daß ich nur langsam zur Tür gehen konnte, um ihr zu öffnen. Wenn ich tatsächlich gerannt wäre, hätte ich wohl meinen Körper überfordert und wäre umgefallen, ehe ich die Tür erreicht hätte.

Susanne stand vor der Tür mit je einer Reisetasche in ihren Händen und ihr Gesicht hatte einen unentschlossenen und verwirrten Ausdruck.

Mir fielen mehrere Steine vom Herzen als ich sie sah und ich wäre ihr am liebsten um den Hals gefallen. Wenn ich mich später an diesen Augenblick erinnerte und ich erinnere mich oft an die einzelnen Augenblicke unserer ersten Tage, dann bin ich mir sicher, daß es ihr genauso gegangen war, doch wir standen uns beide wie gelähmt gegenüber und sahen uns nur an. Jeder von uns stand an seinem Ende des Bandes und konnte nicht vorwärts. Unser Band wurde noch von etwas getrennt, was wir nicht überwinden konnten.

Es war eine Ewigkeit, die wir uns so gegenüberstanden ohne etwas zu sagen, ohne uns zu bewegen. Reglos sahen wir uns gegenseitig in die Augen, wollten uns umarmen und erstarrten doch voreinander. Vor dem Hindernis, welches das Band trennte.

>>Wir sollten hier nicht ewig in der Tür stehen bleiben bis zum jüngsten Gericht.<<

Susanne war es, der es als erster gelang, sich aus der Starre zu befreien. >>Sicher nicht. Ich freue mich, daß du wiedergekommen bist. Komm

rein.<< Im selben Moment als ich es
ausgesprochen hatte schämte ich mich etwas, denn
ich fühlte mich ertappt. Ich hatte verraten, daß ich
Angst gehabt hatte, daß sie nicht wiederkommen
würde. Es war albern, daß mir das peinlich war;
schließlich hatte ich am Nachmittag doch
festgestellt, daß ich in sie verliebt war und
irgendwie wollte und mußte ich ihr ja zeigen, was
ich für sie fühlte, daß ich etwas tiefes für sie
empfand.
Sie stellte ihre Reisetaschen im Flur ab und folgte
mir ins Wohnzimmer, wo sie sich auf die Couch
fallen ließ. Ich machte den Fernseher aus und
suchte eine CD aus.
Obwohl es mir eigentlich zu romantisch erschien,
entschied ich mich für Billie Holiday.
Ich setzte mich zu ihr, hielt aber einen
Sicherheitsabstand.
Susanne wirkte noch immer unentschlossen, als
wüßte sie nicht, was sie hier sollte und wollte.
Ohne daß ich sie danach fragen mußte, erzählte sie
mir, wie sie bei der Polizei war und die erfundene
Geschichte; wie sie anschließend im Hotel ihre
Sachen abgeholt hatte und schließlich von ihrer
erneuten Begegnung mit dem Schutzengel.
Da wir seinen Namen nicht kannten, hatten wir,
ohne es auszusprechen, beschlossen, ihn weiter so
zu nennen. Es war ja auch zutreffend. Er hatte erst
mich und dann auch sie, wenn auch durch mich,
vor etwas bewahrt.
Am meisten interessierte mich natürlich, was sie
von dem Schutzengel zu erzählen hatte.
Was sie erzählte und daß sie ihn überhaupt
getroffen hatte, wunderte mich nicht. In diesen

Tagen hätte mich wahrscheinlich nichts
überraschen können.

Susanne beschrieb sehr genau, wie sie sich mit
ihm in der Spielhalle gefühlt hatte. Seine Aura, das
seltsame Lächeln und daß sie das Gefühl hatte, daß
er in sie hinein sehen konnte, daß er ihre tiefsten
und innersten Gedanken gelesen hatte.

Während sie davon sprach erinnerte mich an meine
erste Begegnung mit ihm und konnte sehr gut
verstehen, wovon sie sprach. Mir war es genauso
gegangen wir ihr, als ich mit ihm auf der Bank an
der Alster gesessen hatte.

Nachdem sie ihre Erzählung beendet hatte
schwiegen wir eine Zeit lang und rückten auf der
Couch näher aneinander, ohne daß wir uns dessen
bewußt waren. Billie Holidays wunderbare Stimme
kam noch immer aus dem CD-Player und draußen
wurde es langsam dunkel.

Irgendwann waren wir so nahe beieinander, daß
ich fühlen konnte, wie sie glühte.

>>Tom...<< Ich legte eine Hand auf meine Lippen
und sah ihr in die Augen.

>>Sag nichts<<, unterbrach ich sie. Ich hatte das
Gefühl, daß ich wenn ich sie jetzt nicht küßte,
zusammenfallen und mich in meine Einzelteile
auflösen würde.

Als ich endlich ihre warmen, weichen Lippen auf
meinen spürte war ich erlöst. In dem Augenblick
als unsere Münder sich trafen, wußte ich, daß ich
den ganzen Tag darauf gewartet hatte.

Der Kuß begann zögerlich, vorsichtig, forschend
und steigerte sich als unsere Zungen sich tastend
gefunden hatten, immer mehr. Aus der
vorsichtigen Zärtlichkeit wurde ein
leidenschaftlicher und lang anhaltender Kuß. Die

Welt um uns herum existierte für uns nicht mehr.
Es gab nur noch sie und mich.
Als wir uns wieder voneinander gelöst hatten, sah
sie mich lächelnd an, aber in ihren Augen war auch
Traurigkeit zu lesen.
Die CD hatte aufgehört zu spielen und es war still.
Susanne nahm meine Hand und spielte mit meinen
Fingern. >>Tom...<< Sie zögerte, bevor sie weiter
sprach. >>Ich habe heute ein paar mal daran
gedacht, nicht zu dir zurück zu kommen und nach
Hause zu fahren.<< >> Das dachte ich mir und ich
hatte davor Angst, daß du nicht wiederkommen
würdest.<<
Ich nahm die Fernbedienung für den CD-Player
und ließ Billie Holiday von vorn anfangen.
>>Susanne, ich habe den ganzen Tag auf diesen
Kuß gewartet.<<
Sie umarmte mich und wir küßten uns erneut lange
und leidenschaftlich. Danach sahen wir uns an,
hielten uns bei den Händen und schwiegen,
während wir uns in die Augen sahen und jedesmal
wenn einer von uns den Blicken nicht mehr stand
halten konnte, küßten wir uns von neuem.
>>Auf dich habe ich den ganzen Tag gewartet.<<
Wir zogen uns gegenseitig langsam aus, immer
wieder unterbrochen von Küssen und ich brannte
wie Feuer.
>>Auf dich habe ich nicht nur den ganzen Tag
gewartet. Nein, mein ganzes Leben lang habe ich
auf dich gewartet.<< Ich wußte nicht, wo die
Worte herkamen, die ich sprach.
Susanne zögerte. >>Keine Angst<<, sagte ich.
>>Du brauchst keine Angst zu haben.<<
Wir waren fast ganz ausgezogen und als ich über
ihre Haut strich fühlte sie sich genauso brennend

an, wie es in mir heiß war. Ich zog sie auf den
Boden und nachdem die letzten Teile des Schutzes
für unsere Körper gefallen waren liebten wir uns
auf dem weichen Teppich.
*

Wir lagen gemeinsam nackt auf dem Boden,
Susanne hatte den Kopf auf meine Brust gelegt und
fing an zu weinen.
Ich brauchte nicht zu fragen. Ich wußte, daß sie
gleichzeitig traurig und glücklich war.
>>Tom, als ich dir sagte, daß ich nicht weiß, ob ich
gesprungen wäre, sagtest du, daß du auch nicht
wüßtest, ob du geschossen hättest...<< >>Du hast
mich schon verstanden<<, unterbrach ich sie.
Sie sah in Richtung des Telefontisches, wo das
Bild von Andrea stand. >>Wegen ihr?<<
Ich zögerte, denn ich wußte nicht genau, welche
Gründe es außer Andreas Weggang noch gegeben
hatte. >>Ja, auch wegen ihr.<< >>Auch?<<
>>Wahrscheinlich war da noch mehr, ich weiß es
nicht genau.<< >>Hast du sie geliebt?<< Wieder
mußte ich nachdenken bevor ich antworten konnte.
>>Ich glaubte, daß ich sie liebte.<<
Susanne nickte stumm und ich beugte mich zu ihr
hinab um ihr die Tränen, die ihr übers Gesicht
liefen, weg zu küssen. Dann küßte ich ihren Mund
und anschließend ihren ganzen Körper und wir
liebten uns noch einmal auf dem Teppich, begleitet
von der x-ten Wiederholung der CD mit Billie
Holidays sanfter Stimme.
Auch nachdem wir uns das zweite mal geliebt
hatten weinte Susanne. Ich streichelte mit den
Rücken meiner Finger über ihre Wangen und
fühlte die Feuchtigkeit ihrer Tränen.

>>Hast du deinen Mann wiedergesehen nach der
Operation?<< Sie schüttelte stumm den Kopf.
>>Dein Kind?<< Wieder schüttelte sie den Kopf
und brach in Schluchzen aus.
Ich hielt sie in den Armen und ließ sie weinen.
Es dauerte lange bis sie sich beruhigen konnte.
>>Du wirst dein Kind bald wiedersehen.<< Sie
hatte aufgehört zu weinen und lächelte mich
unsicher an. >>Danke, aber...<< >>Ich bin mir
sicher.<< Es war tatsächlich so, daß ich mir sicher
war ohne daß ich sagen konnte warum.

6

Der Schutzengel stand in der Spitalerstraße, einer
Einkaufsstraße in der Hamburger Innenstadt und
hörte einem Straßenmusiker zu um sich die
Wartezeit zu vertreiben bis sein Zug ging. Er hatte
lange genug in Hamburg zugebracht und seine
Aufgabe erfüllt.
Der Straßenmusiker sang zur Gitarre eine Art
Protest-Song im Stil der 70er Jahre. Es klang nach
Bob Dylan und Joan Baez, war aber eine
Eigenkomposition. *Hey Mr. God, where are you
when they die?* Als der Song geendet hatte warf
der Schutzengel ein Geldstück in den
Gitarrenkasten, der vor dem Musiker aufgebaut
war. >>Müßte es nicht Mr. Mensch heißen?<<
Der Schutzengel wartete nicht auf die Antwort ,
drehte sich um und ging.
Der Musiker sah ihm eine Weile verwundert nach,
nickte dann und fing an den Song noch einmal zu
spielen. Dieses Mal mit deutschem Text und der
geänderten Titelzeile. *Hey Mensch, wo bist du,
wenn sie sterben?*
Der Schutzengel ging zum Hauptbahnhof und saß
wenige Augenblicke später im Zug nach Frankfurt.
*

Susanne wachte sehr früh auf. Draußen sangen die
Vögel ihre fröhlichen Lieder und die Sonne
erhellte den Tag. Vorsichtig löste sie sich aus
Toms Umarmung um ihn nicht zu wecken. Der
nahm die Veränderung zwar unbewußt war, drehte
sich aber nur mit einem kurzen, nicht
definierbarem Geräusch zur anderen Seite und
schlief weiter. Sie nahm eine Dusche und zog sich
dann im Flur Kleider aus einer ihrer Reisetaschen
an. Auf einen Zettel aus dem Kasten neben dem

Telefon schrieb sie in großen Buchstaben die zwei
Worte DANKE und VERZEIHUNG, dann verließ
sie leise die Wohnung.
Zwei Stunden später, nachdem sie bei der
Autovermietung die noch fehlende Summe für
ihren Leihwagen bezahlte hatte, bestieg sie einen
Zug nach Hause. Als der Zug sich in Bewegung
setzte, dachte sie an die letzte Nacht. Ihr Herz
fühlte sich an, als würde es in mehr als tausend
Stücke zerfallen und aus dem Fenster blickend,
ohne etwas zu erkennen von dem was sie sah,
weinte sie lautlos.
*

Es war schon spät als ich aufwachte. Die Zeiger
der Uhr hatten gerade die zehn passiert und ich
machte die Augen wieder zu. Ich durchlebte in der
Erinnerung die letzte Nacht noch einmal. Als die
Erinnerung zu Ende war drehte ich mich um und
sah die verlassene Hälfte des großen Bettes.
Ich wußte sofort, daß sie nicht mehr da war. Nicht
nur nicht in dem Bett lag, sondern gar nicht mehr
da war. Ich roch ihren Duft, der den ganzen Raum
erfüllte, ich fühlte ihren Geist, ihr Wesen, ihre
Seele, oder was vielleicht richtiger gesagt ist, die
Spuren ihrer Seele, die für immer in diesen
Räumen bleiben würden, doch ich wußte, sie war
nicht mehr da.
So wie ich war, stand ich auf und ging zielsicher in
den Flur, wo ich neben dem Telefon ihren Zettel
mit den beiden Worten DANKE und
VERZEIHUNG fand. Ich nahm den Zettel in die
Hand und küßte ihn, während mir Tränen über das
Gesicht liefen.
Mir kam der Gedanke, mich sofort anzuziehen und
zum Hauptbahnhof zu fahren, aber ich wußte, daß

es zu spät war und selbst wenn es nicht zu spät
gewesen wäre, ich hätte sie nicht aufhalten können.
Auch nicht aufhalten dürfen. Trotzdem schmerzte
mich der Abschied sehr. Mir war zwar klar, daß sie
nach Hause fahren mußte, aber ich wußte nicht,
warum sie gegangen war ohne sich von mir zu
verabschieden und warum sie jetzt schon gegangen
war. Natürlich wollte ich auch wissen, wann ich sie
wiedersehen konnte, wiedersehen durfte. Daß ich
sie wiedersehen wollte, war keine Frage. Ich mußte
einfach.

In der Küche sah ich die beiden Rosen, *unsere*
beiden Rosen, die immer noch hielten, was mich
normalerweise gewundert hätte, aber diese beiden
Rosen waren die unseres Schutzengels und sie
waren Symbole für unser Band. Für das Band, was
Susanne und mich verband und zusammenhalten
würde. Da war ich mir sicher, oder die Hoffnung,
daß es so wäre, redete mir ein, daß ich mir sicher
war.

Ich nahm die beiden Rosen in die Hand, sah aus
dem Küchenfenster zum Himmel hoch und bat
Gott, daß er sie schützen möge und daß er mir
helfen solle, sie bald wiederzusehen.

Früher hatte ich meistens ein schlechtes Gewissen,
wenn ich Gott um Hilfe anrief, denn ich glaubte ja
nicht an ihn und meistens waren meine Bitten im
Scherz gemeint, doch dieses mal war mein Bitten
ernst. Sehr ernst.

Ich dachte jetzt, daß wenn es ihn gibt, er mir sicher
verziehen hat und auch noch verzeiht. Von meinem
Nicht-Glauben war ich nach den letzten Tagen
sowieso nicht mehr überzeugt.

>>Leben ist, Liebe ist. Leben wird sein, Liebe wird
sein<<. Laut sprach ich es in Richtung Himmel.

Die Worte, die der Schutzengel zu Susanne
gesprochen hatte, als sie ihm das erste Mal
begegnet war. Ich wiederholte sie noch dreimal, so
daß ich sie einmal für Susanne, einmal für mich,
einmal für den Schutzengel und einmal für den
gesprochen hatte, von dem ich mir nicht mehr
sicher war, daß ich nicht an ihn glaubte.
Dann stellte ich die Rosen zurück in die Vase und
ging zum Telefontisch, wo ich Andreas Bild aus
dem Rahmen nahm und es mit Susannes Zettel
ersetzte, auf dem die beiden Worte DANKE und
VERZEIHUNG in großen, sauber geschriebenen
Buchstaben standen.
Wieder mal wollte ich Andreas Bild zerreißen und
es dem Müll zu überlassen, überlegte es mir dann
aber anders und es verschwand in einer Schublade
meines Schreibtisches.

Zweiter Teil – Der Mensch hat nicht die Liebe erschaffen, die Liebe erschuf den Menschen

7

Es war der dritte Tag seit Susanne gegangen war. Britta und ich hatten uns mittags bei unserem Italiener getroffen und ich schilderte ihr die letzten Tage, von dem Zeitpunkt an, als wir uns getrennt hatten, an dem Abend, an welchem ich Susanne begegnete, ohne auch nur eine Kleinigkeit auszulassen.

Britta war genauso alt wie ich und ich kannte sie, seit meiner Jugend, fast 20 Jahre. Sie war der einzige Mensch, dem ich hundertprozentig vertraute. Eine Zeit lang, ganz zu Beginn unserer Freundschaft war ich, glaube ich, in sie verliebt gewesen, aber ich war inzwischen froh darüber, daß nie etwas zwischen uns war, denn ich glaube, daß diese Freundschaft für mich zu wertvoll war, als daß ich sie durch etwas anderes in Gefahr hätte bringen wollen. Außerdem war auch Stefan, den ich fast so lange kannte wie Britta, mein Freund. Die beiden waren auch seit dieser Zeit zusammen und aus ihrer Jugendliebe war die ganz große Liebe geworden. Sie waren nun schon fünfzehn Jahre verheiratet.

Ich weiß nicht, ob Britta jemals etwas ähnliches gefühlt hat und ob es ihr genauso ging wie mir, ich vermute es aber.

Ich war mit meiner Erzählung der Ereignisse an dem Punkt angekommen, als Susanne gegangen war und ich ihren Zettel fand.

Britta hatte schweigend zugehört. Sie war trotz ihrer Redseligkeit eine sehr gute, aufmerksame Zuhörerin. Sie unterbrach einen nie unnötig und ihr entging auch nichts. Eine Eigenschaft der ich selten begegnet bin und das war etwas, was ich besonders an ihr schätzte.

>>Was wirst du jetzt tun?<< Sie fragte erst, als ich eine längere Pause machte.

Nachdenklich sah ich auf den Hafen hinunter.

>>Ich weiß es nicht.<<

Sie nickte und ich sah ihr an, daß sie nachvollziehen konnte, daß ich nicht wußte, was ich tun sollte, was ich tun wollte. Dann erzählte ich weiter, wie ich die letzen beiden Tage verbracht hatte.

Der morgendliche Spaziergang im Park war mir zur Gewohnheit geworden. Ich lief im Park herum oder lag auf der Wiese und hörte den Vögeln zu, roch das Gras und fühlte dabei wie eine innere Kraft in mir wuchs, die ich nie gekannt hatte. Noch konnte ich diese Kraft nicht einordnen, wußte nicht, wozu ich sie einsetzen sollte. Eines erschien mir aber ganz sicher. Daß ich diese neue Kraft nicht umsonst bekam, sie hatte eine Bedeutung und sie war ganz sicher dazu da, daß ich sie für etwas bestimmtes nutzen soll, wenn ich auch noch nicht wußte wofür. Sie wurde mir nicht geschenkt, um sie zu verschwenden. Das begriff ich morgens im Park, wobei begreifen das falsche Wort ist, denn es war kein Verstehen des Gehirns, keine Arbeit des Verstandes, sondern ein Verstehen mit dem Herzen.

Ich machte eine Pause um mir eine Zigarette anzuzünden, die Britta nutzte.

>>Tom, das ist keine neue Kraft. Es ist etwas, was schon immer in dir war, so wie diese Kraft in uns allen ist. Leider ist es die Regel, daß die Menschen und so war es auch bei dir, diese Kraft vergessen

und im Alltag verkümmert sie langsam bis nichts
mehr von ihr übrig ist.
Die letzten Tage, deine Begegnung mit Susanne
und die mit dem Schutzengel haben dich auf den
Weg gebracht, diese Kraft wieder zu entdecken.
Du kannst dich glücklich schätzen, denn die
meisten Menschen bekommen diese Chance nicht,
oder erkennen es nicht, wenn sie diese Chance
haben. Du hast großes Glück.<<
Die Frage >>*Warum ich?*<< lag mir auf der
Zunge, doch ich sprach sie nicht aus. Britta hatte
jedoch in meinen Gedanken lesen können.
Wahrscheinlich stand mir die Frage im Gesicht
geschrieben. >>Warum du?<< Sie sprach die Frage
aus, um sie dann auch gleich in der ihr eigenen Art
zu beantworten. >>Du bist ein besonderer
Mensch...<< Sie sah zum Himmel hinauf und ich
wartete, was noch kommen würde, doch sie
schwieg, also erzählte ich weiter, wie ich die
letzten beiden Tage verbracht hatte.
Nachmittags war ich an die Alster gefahren und
hatte mich auf die Bank gesetzt auf der ich saß, als
ich den Schutzengel zum erstenmal traf und hoffte
darauf, daß er auftauchen würde um mir zu sagen,
was ich jetzt weiter tun sollte, wie es jetzt
weitergehen würde.
Wenn ich dorthin fuhr und dort saß, war mir nicht
bewußt, was ich von ihm wollte. Das wurde mir
erst jetzt klar, als ich Britta davon erzählte. Doch
er kam nicht. Am ersten Tag nicht und am zweiten
auch nicht. Statt dessen sprach mein Herz zu mir,
wenn ich auf der Bank saß und vergeblich wartete.
Es sprach nur ein Wort, genauer einen Namen,
ihren Namen. Es formte ihn in mir und ich sprach
ihn dann laut aus. Immer wieder. >>Susanne,

Susanne, Susanne...<< Immer wieder sprach ich
ihren Namen vor mich hin.
Beide Tage waren gleich abgelaufen. Morgens im
Park fühlte ich wie die Kraft in mir wuchs,
nachmittags wartete ich vergeblich auf *seine*
Rückkehr und mein Herz formte die Sehnsucht
nach *ihr*.
>>Wirst du nachher wieder hinfahren und auf ihn
warten?<<
>>Ja!<< Ich antwortete spontan und bestimmt.
>>Er wird auch heute nicht kommen.<<
Traurig blickte ich sie an. >>Ja, ich glaube, daß ich
das weiß. Er wird nicht kommen, aber ich werde
trotzdem auf ihn warten.<< Britta nickte und
verstand mich.
Sie dachte nach und ich konnte ihr ansehen, wie sie
in Gedanken noch einmal durchging, wovon ich ihr
gerade erzählt hatte.
>>Du hast ihre Adresse? Ihre Telefonnummer?<<
Ich verneinte beides. >>Ihren Nachnamen?<<
>>Ja.<< >>Dann kannst du sicher herausfinden,
wo sie wohnt. Oder wenigstens ihre
Telefonnummer.<< >>Ich weiß nicht...<< Britta
unterbrach mich. >>Natürlich kannst du nicht
wissen, was das Richtige ist, aber du wirst es auch
nicht herausfinden, wenn du es nicht versuchst.<<
Ich blieb stumm und wußte, daß sie recht hatte,
wie meistens. Ich würde sie finden müssen.
Irgendwann würde ich an den Punkt kommen, an
dem ich nicht mehr anders können würde.
>>Tom, ich muß gehen.<< >>Geh nur, ich bleibe
noch ein bißchen.<< Ich wollte noch ein bißchen
allein sein. >>Wenn du nachher auf ihn wartest,
nimm dir etwas zu schreiben mit und schreibe es
auf. Schreibe auf, was du erlebt hast und deine

Gedanken. Das wird es deinem Herzen leichter
machen zu dir zu sprechen und du wirst es besser
verstehen können.<<
Britta ging und ich bestellte mir noch etwas zu
trinken, dachte über die letzten Tage nach und
sehnte mich nach Susannes Nähe.
Ich war in Gedanken versunken als ich noch
einmal Brittas Stimme hörte.
>>Tom, er wird dich finden, und ich bin mir
sicher, daß er sowohl bei dir ist, als auch bei ihr.<<
Dann küßte sie mich auf die Wange und ging
endgültig.
Nachmittags saß ich dann wieder an der Alster. Ich
hatte Brittas Rat befolgt, einen Schreibblock
mitgenommen und begonnen die Geschichte
aufzuschreiben von da an, wo ich hier gesessen
hatte und über mein Lebensende nachdachte, als *er*
auftauchte.
Am späten Nachmittag war er, wie Britta es
vorausgesagt hatte und wie ich es auch selbst
gewußt hatte, wieder nicht erschienen, aber sie
hatte auch mit dem Anderen recht, was sie gesagt
hatte. Mein Herz war klarer zu verstehen und ich
wußte, daß ich bald zu ihr mußte. Ich wußte, daß
ich ihr bald folgen würde.
Soweit, wie ich die Geschichte bis dahin
aufgeschrieben hatte, las ich sie laut dem Baum
vor mit dem ich schon einmal gesprochen hatte
und ich hatte das ganz sichere Gefühl, er würde
mir zuhören und verstehen. Ich erzählte ihm auch,
wie ich mein Herz gerade verstanden hatte und
glaubte zu hören, wie er mich in meinen Gedanken
und Gefühlen bestätigte. Auch hatte ich das Gefühl
irgendwo in der Ferne die Stimme des
Schutzengels zu hören und gleichzeitig durch den

Baum sein Lächeln zu erkennen. Was er sagte
verstand ich nicht.
Bevor ich nach Hause zurückkehrte ging ich in
einen Blumenladen und kaufte zwei rote Rosen.
Unsere beiden Rosen hatten ihr Leben am Morgen
dieses Tages beendet. Sie hatten ihre Aufgabe
erfüllt. Und so wie die beiden Rosen Symbole für
das Band zwischen mir und Susanne waren, so
sollten die neuen Rosen genauso Symbole sein,
aber nicht nur für jenes Band, sondern sie sollten
auch den Neubeginn symbolisieren für unser
beider Leben. Wir waren dabei neu zu erwachen.
Die neuen Rosen sollten die Aufgabe der alten
fortsetzen und ich war überzeugt, daß sie es tun
würden.

8

Der Schutzengel stand geschützt in einem
Hauseingang, so daß er von Susanne, die er
beobachtete, nicht gesehen werden konnte. Sie
ihrerseits hatte sich ebenfalls eine geschützte Stelle
ausgesucht, von der aus sie einen anderen
Hauseingang im Auge behalten konnte.
Sie wartete, wie schon an den Tagen zuvor. Es war
kurz vor acht Uhr morgens und auch der
Schutzengel sah zu dem Hauseingang, der von
Susanne beobachtet wurde.
Wie an den anderen Tagen auch kam Kevin,
Susannes Sohn, gefolgt von seinem Vater und
einer Frau aus dem Haus, blickte suchend in
Susannes Richtung und es sah aus als würde er zu
ihr laufen wollen. Als er von seinem Vater gerufen
wurde lief er jedoch ihm und der Frau nach.
Der Schutzengel sah wie Susanne ihnen folgen
wollte und ging ihr nach. Es dauerte nicht lange bis
er ihren Vorsprung aufgeholt hatte. >>Glaubst du,
daß das der richtige Weg ist?<<
Susanne blieb wie angewurzelt stehen als sie seine
Stimme vernahm. Das kann nicht sein, dachte sie,
drehte sich um und sah ihn. >>Wie...? Was...?<<
Mehr brachte sie nicht heraus.
Der Schutzengel legte ihr beruhigend eine Hand
auf die Schulter und Susanne fühlte, wie die
Außentemperatur anstieg.
>>Gehe einen geraden Weg! Der gerade Weg ist
der richtige und der einfachere, wenn er auch als
der schwierigere erscheint, manchmal sogar als ein
unmöglicher.<<
Seine Stimme war leise wie immer, aber fest und
bestimmt und Susanne merkte wieder, wie sie von
seiner Aura gefangen genommen wurde. Wie

schon in Hamburg in der Spielhalle konnte sie sich
nicht bewegen und fühlte sich von seinem Blick
durchleuchtet, allerdings gelang es ihr dieses Mal
zu sprechen. >>Welches ist der richtige Weg?<<
Sie sah ihm ins Gesicht. Wieder dieses
beeindruckende seltsame Lächeln.
>>Wie ich dir schon in Hamburg versuchte zu
sagen, den richtigen Weg kannst *nur du* wissen
und du weißt ihn auch. Er liegt in dir und du mußt
nur den ersten Schritt finden.<<
Sein Blick ging in die Richtung, in die Kevin, sein
Vater und die Frau gegangen waren, die nicht mehr
zu sehen waren. >>Dein Sohn, er hat dich zwar
nicht gesehen, aber er wußte, daß du da warst. Es
gibt nichts, was die Bindung zwischen einer Mutter
und ihrem Kind lösen kann. Verlaß dich darauf.
Egal was passieren wird, du kannst ihn nicht
verlieren.<<
Er umarmte und küßte sie auf beide Wangen.
>>Das habe ich zu übermitteln.<< Damit drehte er
sich um und ging.
Auf dem Weg nach Hause kam Susanne an einem
Blumenladen vorbei und kaufte, ohne das
vorgehabt zu haben, zwei rote Rosen.

9

Das erste Mal seit Andrea gegangen war, saß ich in meinem Büro. Mein Freund und Partner, Helmut Christiansen, saß mir gegenüber und erzählte mir von den geschäftlichen Dingen der vergangenen Tage. Ich unterschrieb ein paar Papiere, die ich nur flüchtig überflog und hörte ihm kaum zu.
Wie von weiter Ferne drangen die Worte, die ich hörte und las zu mir.
>>Tom, du hörst mir nicht zu. Wo bist du mit deinen Gedanken?<< >>Ich vertraue dir. Du kommst sehr gut ohne mich klar.<<
Es stimmte, daß ich ihm vertraute. Er war nicht nur ein Partner, er war auch mein Freund, wenn auch nicht so einer, wie Britta und Stefan es waren. Geschäftlich konnte ich ihm vertrauen, aber so viel erzählen, wie ich Britta erzählte, konnte ich ihm nicht.
>>Helmut...,<< begann ich zögernd. >>Es könnte sein, daß ich hier demnächst alles hinwerfe.<<
Helmut hatte Mühe die Tasse mit dem heißen Kaffee, die er gerade zum Mund führen wollte, nicht fallen zu lassen.
Dann erzählte ich ihm davon, wie ich Susanne kennenlernte und von den Tagen mit ihr. Von dem Schutzengel sagte ich nichts. Vielleicht hätte er mir geglaubt, aber ich kannte ihn gut genug, um zu wissen, daß das ein sehr großes Vielleicht war und er wenig Verständnis für die Geschichte mit dem Schutzengel gehabt hätte.
>>Tom, du kennst diese Frau ein paar Tage, du hast eine Nacht mit ihr verbracht. Andrea ist gerade weggegangen. Bist du sicher, daß du nicht einfach nur verwirrt bist? Wie kommst du auf den

Gedanken, hier alles stehen und liegen lassen zu
wollen?<<
>>Ich bin mir sicher, daß ich verwirrt *war*. Bis
eben gerade.<<
Während wir miteinander sprachen hatte ich einen
Zettel vollgekritzelt. Das machte ich schon mein
Leben lang so. Meistens waren es irgendwelche
Striche, Muster, Kreise. Seltener schrieb ich
Worte. Ich las, was ich geschrieben hatte: *Der
Mensch hat nicht die Liebe erschaffen, die Liebe
erschuf den Menschen*, stand dort. Ich hatte diesen
Satz genauso unbewußt dort hingeschrieben, wie
ich sonst die wirren Muster auf die Zettel malte
wenn ich telefonierte oder in Besprechungen saß.
In diesen Tagen war es häufiger so, daß ich Sätze
las, die mir so vorkamen als wären sie nicht von
mir selbst geschrieben. Als wenn sich jemand oder
etwas, mich als Mittler dieser Sätze ausgesucht
hätte. Der Satz stand nun vor mir und als ich ihn
las, wurde mir klar, daß jene Verwirrung von der
Tom mit recht gesprochen hatte, gerade dabei war
ihr Ende zu nehmen.
>>Jetzt fange ich an, klar im Kopf zu werden.<<
Helmut sah mich an wie man wohl einen ansieht,
wenn man glaubt, daß derjenige gerade dabei ist
verrückt zu werden und ich mußte lachen als ich
seinen Blick und sein Kopfschütteln bemerkte,
stand auf und machte mich auf das Büro zu
verlassen.
>>Tom?!<<
Ich hatte den Ausgang fast erreicht als ich hörte
wie er meinen Namen rief und drehte mich zu ihm
um. >>Mach du nur. Ich liebe! Ich lebe!<<

Noch als ich längst weg war konnte ich seinen
Blick auf mir spüren, wie er mir verständnislos
nachsah.
*

Andrea saß in meinem Fernsehsessel als ich nach
Hause kam. Ich hatte vergessen, daß sie noch einen
Schlüssel hatte und sie hatte sich auch nicht
angekündigt, so daß mich ihr Auftauchen
überraschte. Noch überraschender war aber, daß
ich nichts empfand als ich sie sah.
>>Ich wollte meine restlichen Sachen abholen und
dir den Schlüssel zurückgeben. Erst wollte ich die
Sachen abholen lassen, aber...<< >>Ja. Mach
nur<<, unterbrach ich sie. Soll ich dir helfen?<<
Andrea verneinte und ich hatte das Gefühl, daß sie
versuchte meine Gleichgültigkeit ihr gegenüber
einzuordnen. Vielleicht verletzte ich sie sogar
damit.
Sie stand auf, ging zum Tisch mit dem Telefon und
nahm den Bilderrahmen in die Hand, wo ihr Bild
drin gewesen war, in dem jetzt Susannes Zettel mit
den Worten DANKE und VERZEIHUNG stand.
Ich hatte inzwischen darunter das Wort *Danke*
geschrieben und dann noch *es gibt nichts zu
verzeihen*. Andrea hielt den Rahmen in der Hand
und sah mich fragend an.
>>Das Bild liegt in meinem Schreibtisch. Ich hoffe
doch, daß ich es behalten darf.<<
Auf das, was auf dem Zettel stand ging ich nicht
ein. Es ging sie nichts an.
Die Giftigkeit ihres Blicks irritierte mich. Sie war
diejenige, die gegangen war und jetzt schien sie
eifersüchtig. Mit welchem Recht?
Ich ging auf den Balkon, wo ich rauchend darauf
wartete, daß sie mit Packen fertig war. Meine

Gedanken waren bei Susanne und was Andrea
dachte und was sie wollte, war mir egal.
>>Tom...<< Als ich ihre Stimme hinter mir hörte,
drehte ich mich nicht um.
Auch wenn man gehen will, wenn man jemanden
endgültig verlassen will, fällt der Abschied einem
manchmal schwer und ich brauchte Andrea nicht
anzusehen, um zu wissen, wie schwer es ihr gerade
fiel. Vielleicht tat sie sich deshalb so schwer, weil
sie ahnte, daß eine Andere dabei war, den Platz
einzunehmen, den sie vor kurzem geräumt hatte.
Möglicherweise hatte sie erwartet oder gehofft,
mich leiden zu sehen. Es war spürbar, wie
zerrissen sie innerlich war und doch gehen mußte.
Ich bin mir sicher, daß es das Beste war, was ich
für uns beide tun konnte, wenn ich mich weiterhin
nicht umdrehte, nichts sagte und sie einfach gehen
ließ.
Es fiel mir leicht. Später wunderte ich mich
manchmal darüber, wie schnell es gegangen war,
daß sie mir nichts mehr bedeutete. Für mich ein
sicheres Zeichen, daß weder ich sie, noch sie mich
jemals wirklich geliebt hatte. Wenn sie nun
eifersüchtig war auf diejenige, die da ihren Platz
eingenommen hatte, dann hatte das sicher nichts
mit Liebe zu tun. Weiblicher Stolz, vermutete ich
und es amüsierte mich ein bißchen.
Erst als sie gegangen war wünschte ich ihr alles
Liebe. Vom Balkon aus hätte ich ihr nachsehen
können, aber ich vermied es.
Wenig später klingelte das Telefon, es meldete sich
jedoch niemand am anderen Ende.
>>Susanne?<<, flüsterte ich fragend in den Hörer.
Statt einer Antwort wurde nach einigen Minuten
des Schweigens aufgelegt.

Ich hatte gehofft, daß Susanne sich melden würde
und war mir sicher, daß sie es war und brauchte
eine Zeit um die Enttäuschung zu überwinden, daß
sie nichts gesagt und wieder aufgelegt hatte.
Dennoch glaubte ich, daß mir der Anruf zeigte, daß
wir nicht getrennt waren und als ich auf die Vase
mit den beiden Rosen sah und das Gefühl hatte in
das Gesicht unseres Schutzengels zu sehen war ich
davon überzeugt, daß wir nicht zu trennen waren,
auch wenn ich sie nur ein paar Tage kannte und
wir eine einzige Nacht miteinander verbracht
hatten, wie Helmut ja richtig gesagt hatte.
Ich glaube, daß ich jetzt wußte wie das war, wenn
man *den einen* Menschen getroffen hatte. Den
Menschen, der einem vorbestimmt erscheint,
dessen Schicksal mit dem eigenen auf die tiefste
nur mögliche Weise verbunden ist.
*

Helmut Christiansen saß an Tom Roses
Schreibtisch und las zum wiederholten mal den
Satz *Der Mensch hat nicht die Liebe erschaffen,
die Liebe erschuf den Menschen.*
Vielleicht stimmt das und es ist die Antwort auf
die Frage, warum kein Mensch erklären kann, was
Liebe ist, dachte er und griff zum Telefon um
Britta anzurufen. Er kannte sie flüchtig und wußte
um die innige Freundschaft, die sie und Tom
verband. Wenn jemand wußte, was mit Tom los
war, wenn jemand erklären konnte, was in ihm
vorging, was da gerade passierte, dann sie.
Er erzählte ihr von seinem Gespräch mit Tom am
Vormittag und las ihr vor, was Tom
aufgeschrieben hatte.
>>Was zum Teufel ist mit ihm los? Man kann
doch nicht einfach auf den Gedanken kommen,

alles aufzugeben und das für eine Frau, die er
gerade mal ein paar Tage kennt.<<
Britta lachte am anderen Ende. >>Warum nicht?<<
>>Weil... weil... das einfach nicht geht<<, stotterte
Helmut und suchte verzweifelt nach einem
Argument dafür, daß das nicht geht, fand jedoch
keines.
>>Mach dir keine Sorgen, mit Tom ist alles in
Ordnung. Mehr als in Ordnung. Er wird gerade zu
dem Menschen, der er eigentlich ist und ich
glaube, daß er liebt und...<< Sie brach ab, weil sie
Helmut für einen zu irdischen Menschen hielt, als
daß sie mit ihm von Dingen sprechen konnte, die
zwischen Himmel und Erde waren, die nur mit
dem menschlichen Verstand nicht zu begreifen
waren.
>>Und er wird geliebt<<, setzte sie fort und sprach
nicht von Schutzengeln, Schicksalen und
Verbindungen zwischen Menschen.
>>Kennst du diese Frau?<< >>Nein, ich kenne sie
nicht, ich weiß es aber. Frag mich nicht woher.<<
Sie hatte tatsächlich keine Ahnung, woher sie sich
da so sicher war, aber die eigene innige Beziehung
zu Tom ließ es sie spüren und gerade jetzt, wo
Helmut ihr erzählt hatte, wie Tom sich verhalten
hatte, was er gesagt hatte und nicht zuletzt was er
aufgeschrieben hatte, fühlte sie besonders tief und
konnte, obwohl sie die Frau nicht kannte, deren
Gefühle fast greifen.
>>Glaubst du, daß er es tatsächlich tun wird. Sein
Leben, sein Geschäft und das alles hier aufgeben?
Wegen dieser Frau?<< >>Ja, antwortete Britta.
Nicht nur wegen dieser Frau.<<

Helmut hatte eine Erklärung haben wollen, was mit
Tom los war. Was Britta da sagte, verwirrte ihn
aber noch mehr. >>Und warum noch?<<
>>Vielleicht hat er erkannt, daß das nicht *sein*
Leben ist. Das Geschäft und das alles hier.<<
Absichtlich wiederholte sie Helmuts Worte und es
klang ein wenig verächtlich.
>>Sein Leben ist vielleicht was anderes. Mehr.<<
Es hörte sich für Helmut an wie eine Frage und die
Antwort darauf. >>Du verstehst ihn
anscheinend.<< >>Ja.<<
Helmut sah wieder auf den Satz, den Tom
geschrieben hatte. >>Ich verstehe ihn nicht.<<
Es folgte eine Pause, in der beide nichts sagten.
>>Dich verstehe ich auch nicht.<< Wieder lachte
Britta. >>Das mußt du auch nicht. Vielleicht wirst
du uns mal verstehen, ihn und mich. Vielleicht.
Aber du bist ein anderer Mensch.<<
Helmut wußte nicht, wie sie das meinte, fragte aber
nicht mehr nach, weil er keine Antwort erwartete,
die ihn zufrieden stellen würde. Er wollte sich
verabschieden, aber da Toms Zettel ihn nicht
losließ fragte er Britta noch, wer denn die Liebe
erschaffen hat, wenn sie nicht vom Menschen
erschaffen wurde. Er hatte eigentlich damit
gerechnet, daß sie mit einem einfachen „Gott“
antworten würde, denn er wußte, daß sie ein
gläubiger Mensch war, doch sie antwortete anders
als er es erwartet hatte.
>>Das ist eine gute Frage. Man kann es auf so
viele unterschiedliche Weisen benennen. Mach's
gut und mach dir keine Sorgen um Tom.<< Damit
legte sie auf und ließ Helmut verwirrter zurück als
er es vorher war.
*

Der Schutzengel spazierte am Main und sah in
einen klaren Sternenhimmel.
Ihr müßt noch auf mich warten, dachte er. Meine
Aufgabe ist zwar erfüllt und ich habe jetzt schon
mehr getan als ich tun sollte, aber es lohnt sich zu
bleiben und es ist wahrscheinlich wichtig.
Er mußte an den Nachmittag denken, als er sich in
der Nähe eines Spielplatzes aufgehalten hatte und
dem Gespräch einer Mutter mit ihrem Kind
zugehört hatte.
Das Kind hatte die Mutter gefragt, was
Schutzengel sind und sie hatte ihm erklärt, daß es
keine Engel gibt, also auch keine Schutzengel.
Nein, es gibt sie nicht, wenn die Menschen nicht
an sie glauben und sie glauben selbst dann nicht an
sie, wenn sie von Engeln umgeben sind. Sie reden
mit einem und wissen es nicht.
Der Schutzengel sprach auf eine stumme Weise
mit den Sternen.
Zum Glück gibt es welche, die an sie glauben.
Wenn es die nicht gäbe, die an sie glauben, dann
würde es tatsächlich keine geben und die Mutter
hätte recht.
Die Sterne lächelten dem Schutzengel genauso
zurück, wie er zu ihnen hinauf lächelte.

10

Eine Woche war vergangen seit dem Tag an dem
das Telefon klingelte und Susanne sich nicht
gemeldet hatte. Eine Woche, in der ich mir jeden
Tag sicherer wurde, daß sie es war, und daß sie
nach mir rief.
Sie hatte nicht noch einmal angerufen. Vielleicht
schaffte sie es aus irgendeinem Grund nicht, sich
zu überwinden.
Die Möglichkeit, daß sie nichts mehr von mir
wissen wollte und sie mich nach unserer kurzen
Begegnung abgehakt hatte, zog ich nicht in
Betracht. Zu fest fühlte ich unsere Verbindung.
Obwohl wir voneinander weit entfernt waren und
wir seit dem Morgen, an dem sie gegangen war
nicht miteinander gesprochen hatten, gab es nicht
eine Sekunde in der ich nicht ihre Anwesenheit,
ihre Gedanken, ihre Gefühle spürte. Meistens war
mir sogar so, als wenn ich ihren Körper fühlen
konnte, so nah war sie bei mir.
Über die Auskunft hatte ich mir ihre
Telefonnummer und ihre Adresse besorgt, doch
anzurufen brachte ich genauso wenig fertig wie sie.
Ich kann nicht sagen, was uns solche
Schwierigkeiten machte. Da gab es irgendwo noch
eine Sperre, die wir nicht überwinden konnten. Ich
glaubte, daß sie einfach unsicher war, was sie mit
unserer Begegnung anfangen sollte und nicht
wußte, nicht erkannte, was sie fühlte und was ich
fühlte. Vielleicht wehrte sie sich auch gegen die
Liebe.
Daß sie mich liebte, da war ich mir sicher. Meine
Gefühle wären nicht so gewesen, wenn da nicht
auf der anderen Seite das Gleiche war. Ich glaube,
daß man sehr genau spürt, wenn das Gefühl vom

Anderen erwidert wird, genauso wie man merkt,
wenn es nicht so ist. Im letzteren Fall ignoriert man
dieses Wissen wohl meistens. Entweder man kann
nicht anders oder es ist die Hoffnung, daß die
Liebe doch noch erwidert wird.
Auch in der vergangenen Woche hatte ich meine
neuen Rituale beibehalten. Der morgendliche
Spaziergang im Park, wo ich fühlte , wie eine
immer stärker werdende Kraft in mir wuchs,
während die anderen Dinge, die mir vorher wichtig
gewesen waren, gerade hier immer mehr in den
Hintergrund gedrängt wurden.
Ich fuhr auch nach wie vor nachmittags an die
Alster zu jener Bank auf der ich saß als ich meinen
Schutzengel das erste Mal getroffen hatte und
schrieb weiter die Geschichte von der Begegnung
mit meinem Schutzengel und die beginnende
Liebesgeschichte zwischen mir und Susanne auf
und getrennt davon meine Gedanken über die
Liebe und das Leben an sich. Meine neuen
Gedanken. Hinterher sprach ich dann mit dem
Baum darüber, was von einigen Spaziergängern
bemerkt und mit Kopfschütteln kommentiert
wurde, doch darum kümmerte ich mich nicht. Ich
tat was ich tun mußte. Was sollte mich da
kümmern, was andere über mich dachten?
Wenn ich fertig war mit schreiben, malte ich mir
eine Zukunft mit Susanne aus. Ich träumte.
Was ich mir ausmalte, wie ich träumte; das sah
jeden Tag anders aus.
Auch das schrieb ich manchmal auf, warf diese
Aufzeichnungen aber jedesmal unmittelbar
hinterher weg.

Mittags ging immer ich für ins Büro, um die Dinge abzuwickeln, die noch zu erledigen waren. Ich bereitete meinen Ausstieg vor.

Mein Partner Helmut Christiansen fragte mich, wann immer er die Gelegenheit dazu hatte, ob ich denn wirklich wußte, was ich tat und teilte mir immer wieder mit, daß er mich nicht verstehen würde. >>Wegen dieser Frau...<<, begann er bei einer dieser Gelegenheiten, woraufhin ich ihn unterbrach. >>Es ist nicht nur wegen dieser Frau. Ich bin an einem Punkt, wo ich merke, daß mein Leben in einer Sackgasse steckt, also muß ich etwas ändern, bevor ich aus dieser Sackgasse nicht mehr herauskomme. Bevor es zu spät ist!<<

*

Wie jeden Morgen hatte Susanne gut versteckt in dem Hauseingang gestanden und gewartet bis ihr Mann, seine neue Freundin und ihr Sohn das Haus verließen und hatte ihnen nachgesehen bis sie nicht mehr zu sehen waren. Jedesmal sah sie sich nach dem Schutzengel um, konnte ihn aber nie entdecken. Trotzdem war sie sich sicher, daß er immer da war. Deutlich war seine Anwesenheit, seine Aura zu spüren.

Fast ständig dachte sie darüber nach, was der richtige Weg war, denn der Schutzengel hatte gesagt, daß der Weg, den sie gehen wollte, der falsche war und sie vertraute ihm da.

Warum sagte er ihr aber nicht den richtigen Weg? Wenn er da war und sie beobachtete, dann müßte er doch begreifen, daß sie ihn allein nicht fand. Wenn sie nicht über den Weg nachdachte, wie ihr Kind zu ihr zurückfand, dachte sie an Tom und verstand selbst nicht, warum sie es nicht fertig brachte ihn anzurufen. Die Sehnsucht wurde immer größer und doch hatte sie eine ungeheure und ihr selbst nicht begreifliche Angst davor ihn wiederzusehen, sogar davor nur mit ihm zu sprechen.

Es war auch an diesem Tag wie immer. Kevin hatte suchend in ihre Richtung gesehen und es sah so aus, als wenn er geradewegs auf sie zulaufen wolle, bevor er von seinem Vater gerufen wurde. Susanne hatte dann jedesmal noch eine Weile gewartet und gehofft, daß der Schutzengel von selbst auftauchen würde, doch er erschien nicht. Heute hatte sie beschlossen nach ihm zu suchen und ging jetzt in die Richtung, aus der er vor einer Woche gekommen war.

Es dauerte nicht lange und er stand plötzlich vor ihr. Zuerst erschrak sie als sie ihn sah, aber er legte ihr eine Hand auf die Schulter und sagte nur: >>Komm!<<

Die angenehme Wärme, die von ihm ausging und das vertraute Lächeln ließen sie sich schnell von dem Erschrecken erholen und sie war seiner Aufforderung gefolgt.

Nun saßen sie in einem Cafe und hatten eine ganze Zeit lang miteinander geschwiegen.

Susanne wollte ihn eigentlich fragen, was der richtige Weg sei, stellte statt dessen aber eine andere Frage. >>Wer und was sind Sie?<<

>>Wenn du mich ansiehst, was siehst du dann? Einen Mann. Einen ganz normalen Menschen, oder?<< >>Ja, aber...<< Susanne wußte nicht, wie sie sich ausdrücken sollte.

Der Schutzengel schwieg und wartete auf das, was nach dem aber folgen sollte.

>>Tom...<<, fing sie erneut an, kam wieder nicht weiter und schämte sich. Sie kam sich albern vor.

Er erlöste sie. >>Nenn mich Nick!<<
Wenn er weiter geschwiegen hätte, wäre sie
aufgestanden und davon gelaufen. >>Nick?<<
>>Ja, der Name gefällt mir. Ich habe keinen
Namen, aber Nick gefällt mir.<<
>>Warum ein englischer Name? Der Schutzengel
lachte. >>Ich weiß nicht, es ist egal. Es könnte
auch ein russischer, mongolischer oder finnischer
Name sein, ganz egal. Nick fiel mir gerade ein und
der gefällt mir jetzt.<<
Susanne erinnerte sich an den Abend, als sie Nick
das erste Mal gesehen hatte und dachte an den
Betrunkenen Mann in der Kneipe, der >>Gott war
hier<< gesagt hatte, nachdem Nick die Kneipe
verlassen hatte und deshalb kam ihr die nächste
Frage in den Sinn. >>Gibt es Gott?<<
Nick wartete mit seiner Antwort lange und sie
hatte das Gefühl, daß seine Augen zu leuchten
anfingen. >>Kommt es denn darauf an, ob es ihn
gibt?<< Er schloß kurz die Augen und machte eine
Pause bevor er weiter sprach. >>Nehmen wir mal
an, es gibt ihn. Er kann nicht verlangen, daß alle
Menschen an ihn glauben. Würde er verlangen,
daß alle an ihn glauben, hätten diejenigen recht, die
ihm die Verantwortung für das Leid in der Welt
übertragen.
Höre diejenigen, die seine Existenz in Frage oder
in Abrede stellen, die fragen wo er denn sei, wenn
sie sich die Welt ansehen. Den Hunger, die Kriege,
die Umweltkatastrophen. Schau dorthin, wo das
Leid am größten ist, wo es am schwierigsten ist,
die Frage ob es Gott gibt mit ja zu beantworten.
Gerade dort findest du oft den tiefsten, den
stärksten Glauben.

Manchmal heißt Gott auch anders. Oder es gibt für
die Menschen mehrere Götter. Andere Götter.
Gottes Gesetz ist die Liebe. Aber die Liebe ist auch
ein menschliches Gesetz.
Gott - Zu wissen, ob es ihn gibt oder nicht gibt, ist
nicht notwendig um nach diesem Gesetz zu leben.
Glaube ist immer hilfreich, ob man an Gott glaubt
oder etwas anderes. Glaube stärkt und gibt Kraft,
unabhängig davon, ob es Gott oder Götter gibt. Ich
weiß auch nicht, ob es ihn gibt. Ich kann es dir
nicht sagen und jemand anders wird es dir auch
nicht sagen können. Die Antwort auf diese Frage
wirst du in dir selbst finden müssen, genauso wie
alle anderen Antworten auf deine Fragen. In dir
allein ist deine Antwort und dort wird es ihn geben,
wenn es ihn gibt. Die Entscheidung ist deine.
Für die meisten Menschen ist das ganze Leben eine
ewige Suche und viele von ihnen merken gar nicht,
was sie alles finden. Sie suchen Antworten, sie
suchen Sinn.<<
Nicks Lächeln war unverändert geblieben, aber
Susanne glaubte zu erkennen, daß er traurig klang.
>>...Und sehen den Wald vor lauter Bäumen
nicht<<, fuhr er fort.
Sein Blick lag auf Susanne, so als würde er
versuchen zu ergründen, ob sie ihn verstanden
hätte. Wieder hatte sie das gleiche Gefühl wie in
Hamburg, als sie sich von seinem Blick
durchleuchtet fühlte, doch im Gegensatz zu dort
machte es ihr jetzt nichts aus.
>>Dieses Gesetz, das Gottes oder das menschliche,
nenne es wie du willst, ist einer der Schätze oder
ein Teil des Schatzes, den jeder Mensch in sich
trägt. Die meisten Menschen wissen es bloß nicht,

weil sie ihre Schätze woanders suchen oder weil sie etwas anderes für einen Schatz halten.
Das Gold, welches da draußen glänzt, nimmt ihre Aufmerksamkeit gefangen und hält ihren Blick von den wahren Schätzen des Lebens ab.<<
Nick hatte abgebrochen und Susanne war sich nicht sicher, ob er fertig war, so blieb sie schweigend, nahm eine Zigarette aus ihrer Packung und bot ihm auch eine an.
Sie gab ihm Feuer und nachdem er einen tiefen Zug genommen hatte hustete er, woraufhin sie ihm lachend den Hinweis der EG-Gesundheitsminister vorlas, der auf jeder Zigarettenpackung steht: >>Rauchen gefährdet die Gesundheit.<<
Nick nahm einen zweiten Zug, hustete erneut heftig und drückte die Zigarette dann aus. >>Entschuldigung, aber ich habe noch nie geraucht.<<
Susanne war irritiert, warum Nick dann die Zigarette angenommen hatte, fragte aber nicht nach. Es hatte ihr den Rest Angespanntheit genommen, der noch in ihr war und sie fühlte sich jetzt vollkommen entspannt.
Sie dachte über die Antwort, die Nick ihr gegeben hatte, nach. Er konnte ihr nicht sagen, ob es Gott gibt. Seine Worte klangen, als ob er an ihn glaubte, aber mit Bestimmtheit sagen konnte er es auch nicht. Demnach war er wohl doch kein Schutzengel, denn die würden doch von Gott geschickt und dann müßten sie ja *wissen* ob es ihn gibt oder nicht.
>>Ich habe das vorhin schon einmal gefragt. Wer bist du? Was bist du?<< Sie zögerte, weil es ihr schwer fiel auf Tom zu sprechen zu kommen, brachte es dann aber doch raus. >>Und wie kamst

du zu Tom? Wie kamst du zu mir? Was hat es mit
den Rosen auf sich?<<
Noch einmal unterbrach sie sich, weil sie das Wort
Schutzengel nicht aussprechen mochte. Schließlich
saß, wie er selbst gesagte hatte, ein ganz normaler
Mann, ein ganz normaler Mensch vor ihr.
Der trug zwar ein engelhaftes Lächeln auf dem
Gesicht, hatte aber ansonsten nichts von einem
Engel. Im Gegenteil. Nick wirkte vollkommen
menschlich.
Sie sprach die Frage dann doch aus, weil sie die
Antwort einfach wissen *mußte.* >>Tom und ich...
wir hielten dich für einen Schutzengel, für seinen
und vielleicht auch für meinen. Bist du einer?<<
Susanne beobachtete sein Gesicht genau um seine
Reaktion festzustellen. Das Leuchten in den
Augen, das sie vorher festgestellt hatte, als sie auf
Gott zu sprechen kam, schien sich noch zu
verstärken.
>>Du sagst *hieltet,* also Vergangenheit. Dann
hältst du mich jetzt nicht mehr für einen
Schutzengel?<< Susanne nickte. >>Du kannst mir
nicht sagen, ob es Gott gibt. Wärst du wirklich ein
Schutzengel, dann wärst du doch von Gott
geschickt und hättest eben mit einem einfachen ja
geantwortet.<< Nick verstand. >>Ja, wenn
Schutzengel wirklich von Gott geschickt werden,
dann kann ich wohl keiner sein.<< >>Aber du
mußt einer sein! Werden sie denn nicht von Gott
geschickt?<< Nick ging auf diese Frage nicht ein.
>>Überlege dir, was ich getan habe. Ich habe Tom
etwas gesagt, ich habe dir etwas gesagt und ich
habe euch die Rosen geschenkt, mehr nicht.<<
Susanne erinnerte sich an die Worte und sprach sie
laut aus. >>Es ist für dich noch nicht die Zeit zum

Sterben.<< Sie mußte tief Luft holen bevor sie die Worte sprach, die Nick ihr sagte, als er ihr die Rose schenkte. Vor ihrem geistigen Auge sah sie Toms Gesicht. >>Leben ist, Liebe ist. Leben wird sein, Liebe wird sein.<<

>>Ja, das habe ich euch gesagt. Alles was dann kam habt ihr allein getan. Es ist wie mit Gott und der Verantwortung, von der ich vorhin sprach. Der Glaubende, der Denkende, der Fühlende, der Handelnde ist immer der Mensch. Ich habe Tom nur etwas gezeigt. Den Weg hat er selbst beschritten.<<

>>Du bist ein Engel!<< Susannes Lächeln glich jetzt fast dem Nicks. >>Auch ein Schutzengel.<< Susanne nahm eine neue Zigarette aus der Packung und bot Nick auch noch mal eine an, der lachend ablehnte. >>Danke, aber das lasse ich, glaube ich, lieber.<<

>>Woher wußtest du denn, daß Tom sterben wollte?<< >>Wußte ich denn das?<< Nick sah aus, als dachte er darüber nach, ob er es tatsächlich gewußt hatte. >>Seine Gedanken standen in seinem Gesicht geschrieben. Es ist bei den meisten Menschen so. Wenn man genau hinsieht, kann man sehr viel in ihren Gesichtern und ihren Augen lesen. Augen verraten Gedanken, Gesichter erzählen Geschichten. Manche Romane finden ihren Anfang darin, die Autoren lesen in den Gesichtern der Menschen, denen sie begegnen. Musiker finden Kompositionen in ihnen. Gedanken zu lesen ist keine große Kunst mehr, wenn man Menschen lange genug beobachtet hat und viele unterschiedliche Lebensgeschichten kennengelernt hat.<<

Das Cafe hatte eine Musicbox und Nick stand auf
um zu ihr zu gehen. Kurz darauf hatte Susanne
vertraute Töne in den Ohren. Billie Holiday sang
The Man I Love.
>>Das ist kein Zufall, daß du das jetzt spielst<<,
sagte sie als er an ihren Tisch zurückgekehrt war.
Es war keine Frage, es war eine Feststellung. Nick
antwortete nichts darauf.
>>Du hast mir noch nicht geantwortet. Wie kamst
du zu Tom, wie kamst du zu mir? Und wenn das
jetzt kein Zufall ist, daß du dieses Lied spielst, was
ist es dann? Es kann kein Zufall sein.<<
>>Ist denn das Wie und Warum so wichtig? Kann
es nicht sein, daß es eben so sein soll, wie es ist?<<
Susanne wußte, daß Nick keine Antwort von ihr
erwartete und schwieg. Das Bild von Tom ging ihr
nicht mehr aus dem Kopf. Erst recht nicht seit The
Man I Love aus der Musicbox kam.
Auch Nick sagte nichts bis das Lied zu Ende war.
>>Das ist eine wunderschöne Stimme.<<
>>Ja.<< Die Erinnerung an den Abend mit Tom
hatte das Bild von seinem Gesicht in Susannes
Kopf abgelöst und sie fühlte die Sehnsucht, die
immer quälender wurde.
>>Fahr zu ihm hin oder sag ihm, daß er kommen
soll.<< Susanne wachte aus der Erinnerung auf
und sah Nick an. Sie sagte nichts, hatte aber schon
bevor er das sagte beschlossen, Tom anzurufen und
ihn zu bitten, daß er kommen möge.
>>Ich bin mir sicher, daß er auch von allein
kommt, aber warum solltest du in Ungewißheit
warten - und habe keine Angst.<< >>Ich habe
keine Angst mehr.<< >>Gut, das ist sehr gut, wenn
du keine Angst mehr hast..<< Nicks Lächeln hatte
sich zu einem Strahlen ausgeweitet. Er winkte der

Kellnerin um anzuzeigen, daß sie bezahlen
wollten. >>Dein Kind..., ruf sie an und gehe
einfach zu ihnen hin und sieh was passiert.<<
Susanne wollte etwas antworten, aber Nick legte
seinen Zeigefinger auf die Lippen und bedeutete
ihr, daß sie nichts sagen sollte. >>Du und Tom, ihr
beide habt diese ganz spezielle innere Kraft in
euch. Ihr könnt den Schatz finden, der in euch ist.
Es geht auch jeder für sich allein, aber zusammen
ist es noch einfacher und schöner.<<
Sie zahlten und verließen das Cafe. Vor der Tür
zögerte Susanne sich von Nick zu trennen. Es fiel
ihr sehr schwer. >>Nick, wie kann ich dir
danken?<< >>Das ist einfach. Macht euch auf den
Weg zu dem Schatz und lebt das, was ihr dort
findet. Das Gesetz, du weißt.<< Er zwinkerte ihr
zu und ging.
Als er schon einige Meter entfernt war, rief sie ihm
nach. >>Nick?<< Er drehte sich um ohne
anzuhalten. >>Ja?<< >>Sehen wir uns noch
mal?<< >>Wenn es so sein soll.<<
Dann war er sehr schnell verschwunden. .
>>Wenn es so sein soll.<< Susanne wiederholte
seine Worte und hoffte, daß es so sein sollte. Dann
dachte sie wieder an Tom und fühlte sich
unendlich glücklich. So glücklich wie schon lange
nicht mehr. Vielleicht auch so glücklich wie noch
nie. Das wollte und konnte sie jetzt nicht
entscheiden. Sie war glücklich weil sie sicher war,
daß es nicht mehr lange dauern würde, daß sie
Tom wiedersah und sie war es, weil sie wußte, daß
sie jetzt den richtigen Weg finden würde.
Es hatte angefangen zu regnen und ihr war nach
tanzen. Sie suchte den nächstgelegenen Park auf
und tanzte allein im Regen, so wie sie mit Tom in

Hamburg im Regen getanzt hatte und summte die
Melodie von The Man I Love bis die nicht mehr
paßte, weil sie eine solche Musik hörte, wie sie in
Hamburg gehört hatte. Diese ganze besondere
Musik, die in der Welt war, wie Tom gesagt hatte.
Und Susanne wußte, daß diese Musik nur von den
Menschen gehört wurde, die auf dem Weg waren,
den Schatz zu finden, von dem Nick gesprochen
hatte.

11

Ungefähr 150 Meter lagen zwischen mir und der
Spielbank Hittfeld, in der Nähe von Hamburg. Wie
ein Magnet zog mich die Magie der Spieltische an.
Das Rollen der Kugel im Roulette und die
Stimmen der Croupiers klangen in meinen Ohren.
Grüne, rote und schwarze Bilder hatte ich vor den
Augen. Etwas mehr als zehn Jahre war es nun her,
daß ich das letzte mal hier war. Vor zehn Jahren
war ich aus der Tür des Casinos getreten,
vollkommen pleite, deprimiert und hoffnungslos,
dann hatte ich mich zwei Tage lang betrunken und
hatte keine Ahnung, wie es weitergehen sollte.
Vor zehn Jahren hatte das seinen Anfang
genommen, was in diesen Tagen sein Ende
nehmen sollte.
Damals hatte ich das Glück, daß Britta, Stefan und
Helmut mir halfen. Sie waren es, die mich wieder
auf die Füße kommen ließen, sozusagen meine
Schutzengel zu dieser Zeit.
Meine Beine waren schwer, ich wurde angezogen
von dem Zauber des Spiels und ein Teil von mir
wehrte sich, warnte mich, versuchte mich
zurückzuhalten.
Schwer zu sagen, ob ich der Spielbank näher kam
oder sie mir. Zahlen tanzten vor meinen Augen, die
Hände wurden feucht, das Herz schlug höher.
Meine Schritte wurden langsamer, aber die Distanz
zwischen mir und der Falle wurde immer geringer.
Dann wurden die Bilder der Roulettetische
abgelöst von anderen Bildern. Ich sah Rosen,
Susanne, den Schutzengel, Britta, Helmut. Mir
wurde schwindelig. Die Worte „Nichts geht mehr",
waren das letzte, was ich vernahm, dann wurden

meine Knie immer weicher und kurz vor dem
Eingang der Spielbank wurde ich ohnmächtig.
*

Eine Frau in der Tracht einer Krankenschwester
lächelte mir aufmunternd zu, als ich am nächsten
Morgen erwachte. Es dauerte bis ich mir bewußt
wurde, wo ich mich befand und mich an den
Vorabend erinnern konnte.
Die Schwester erzählte etwas von meinem
Kreislauf, doch ich hörte ihr kaum zu. Ich wußte,
daß es nicht mein Kreislauf war, der mich am
Abend zuvor hatte ohnmächtig werden lassen. Es
war das Glück, oder meine neu gewonnene, innere
Kraft, beziehungsweise beides, wenn es nicht ein
und dasselbe war, was mich davor bewahrt hatte,
den Weg zu verlassen, den ich beschritten hatte.
Ich glaube, daß es eine Art Prüfung gewesen ist.
Hätte ich die Spielbank betreten, dann hätte ich
wieder angefangen zu spielen, wie vor zehn Jahren
und alles wäre verloren gewesen. Die Kraft, das
Glück und vor allem Susanne.
Susanne, ihr Name hämmerte jetzt in meinem
Kopf. Nicht unangenehm. Nein, auf eine solch
schöne Weise, daß ich vor Glück die überraschte
Schwester auf die Wange küßte, die gerade dabei
war meinen Blutdruck zu messen.
>>Zufälle gibt es nicht<<, sagte ich, als ich mich
erinnerte, daß Susanne dem Schutzengel
ausgerechnet in einer Spielhalle zum zweiten Mal
begegnet war und ich stellte einen Zusammenhang
her, zwischen dieser Tatsache, meiner früheren
Spielsucht und meiner Ohnmacht gestern, kurz
bevor ich die Spielbank hätte betreten können.
>>Das müssen Sie nicht verstehen.<< Ich lachte
der Schwester ins Gesicht und küßte sie noch

einmal, diesmal auf die Stirn. Sie sah mich an, als sei ich ein ausgebrochener Irrer.

>>Zufälle, Schicksal, Glaube, Liebe, Gott, Das Universum, Die Seele der Dinge, die der Welt.<< Für die Schwester war es zusammenhangloser Unsinn, den ich da redete und sie sah aus, als bekäme sie Angst vor mir. >>Sie müssen keine Angst haben! Ich bin nicht verrückt. Nur stark und frei...ja, *frei!*<< Ich glaube nicht, daß ich die Schwester beruhigen konnte, jedenfalls wirkte sie unverändert ängstlich. >>Ich liebe<<, setzte ich fort und nun lächelte sie. >>Oh, dann verstehe ich.<< >>Ja?<<

Ich glaubte nicht, daß sie wirklich verstand. Wie sollte sie auch?

>>Tanzen Sie mal im Regen<<, rief ich ihr nach, als sie im Begriff war das Zimmer zu verlassen, worauf sie sich noch einmal umdrehte, den Kopf schüttelte, aber lachte und wohl keine Angst mehr hatte.

Nachdem sie gegangen war, ließ ich mich in das Kissen zurück fallen und war einfach glücklich.

>>Susanne, ich komme bald und ich liebe dich<<, flüsterte ich und küßte in Ermangelung einer Alternative das Kissen.

Nachdem man mich untersucht und festgestellt hatte, daß mir nichts fehlte, ließ ich mich entlassen, obwohl der Arzt mir riet noch einen oder zwei Tage zur Beobachtung im Krankenhaus zu bleiben.

>>Man fällt nicht einfach so um<<, hatte er gesagt. >>Ich bin auch nicht *einfach so umgefallen,* aber der Grund dafür ist kein medizinischer.<<

Der Arzt verstand mich nicht, aber er hatte von der Schwester mein Verhalten erzählt bekommen und war nicht überrascht, einen solch verwirrenden

Satz zu hören. Ich verabschiedete mich von ihm
mit dem Tip, den ich der Schwester gegeben hatte.
Er solle doch mal im Regen tanzen.
In seinen Augen war zu lesen, daß er wichtigeres
zu tun hatte als das, er entgegnete jedoch nichts.
Schade, dachte ich, die meisten Menschen haben
wohl wichtigeres zu tun als im Regen zu tanzen,
den Vögeln beim Singen zuzuhören und mit
Bäumen zu sprechen, Teil der einen, großen Seele
dieser Welt zu sein. Keiner hat Zeit, niemand
nimmt sich Zeit.
*

>>Tom , bitte komm.<<
Zum ungefähr zwanzigsten mal hörte ich die
Nachricht auf dem Anrufbeantworter ab. Nur diese
drei Worte hatte Susanne auf das Band gesprochen
und mich noch glücklicher gemacht als ich es
schon war. Im Herzen war ich bereits unterwegs
gewesen und nun zeigte sie mir, daß sie auf mich
wartete. Wenn ich bis jetzt noch Zweifel hatte; ich
weiß nicht, ob ich sie hatte, dann räumten diese
drei Worte sie aus.
Wieder und wieder hörte ich mir ihre Stimme auf
dem Band an und jedesmal antwortete ich: >>Ja,
ich komme.<< Dann küßte ich den Zettel im
Rahmen neben dem Telefon. Ich glaube, daß ich
das mehr als hundertmal wiederholte.
*

>>Ja Tom. Ich glaube, daß dir das sagen sollte, daß
du nun genug von der Kraft hast, die du in dir
entdeckt hast. Wenn du morgen früh in den Park
gehst, wird es wahrscheinlich so sein, daß du nicht
mehr fühlen wirst, wie sie weiter wächst, weil da
ein Prozeß abgeschlossen ist.<<

Britta und ich saßen auf der Bank an der Alster, die
ich jeden Tag aufgesucht hatte, seit ich den
Schutzengel getroffen hatte, und ich hatte ihr von
dem Vorabend erzählt, als ich auf dem Weg in die
Spielbank war und kurz vorher ohnmächtig wurde.
>>Ich versuche mich die ganze Zeit zu erinnern,
wie und warum ich zur Spielbank gefahren bin,
aber es gelingt mir nicht. Ich kann mich einfach
nicht daran erinnern, wann und wie ich losfuhr.
Der Weg dorthin, es ist alles ist weg. Wie ich kurz
vor der Spielbank war und die Bilder, die ich sah,
die Klänge, die ich hörte, die Kraft, die mich zog
und daß ich mit mir kämpfte bis ich
zusammenbrach; an das alles kann ich mich
erinnern, aber nicht an die Stunden davor.
Verstehst du das alles?<<
>>Ja, ich verstehe das, aber es ist wohl nicht zu
erklären. Nicht mit menschlichem Ermessen, aber
im Grunde genommen, verstehst du das selbst
auch. Es sind nur die letzen Zweifel daran, daß es
Dinge zwischen Himmel und Erde gibt, die wir
einfach nicht verstehen können, auch nicht
verstehen sollen, die dich fragen lassen.<<
Sie sah mich lange eindringlich an, bevor sie
weiter redete. >>Tom, gestern abend hast du dich
selbst besiegt. Dir wurde zwar geholfen, aber
geschafft hast *du* es.<<
>>Was hat mir geholfen, was war es?<< >>Das
Schicksal, das Universum, die Liebe, Gott. Du
kannst es auf viele unterschiedliche Weisen
benennen und es stimmt alles. Vor allem aber die
Liebe, die Liebe zum Leben, die Liebe zu dir selbst
und die Liebe zu Susanne.<<
>>Ja. Susanne... Britta, ich bin ein neuer
Mensch.<< Sie schüttelte den Kopf. >>Nein, Tom,

das ist der Mensch, der du schon immer warst. Nur
hast du dich bisher nicht selbst gelebt. Du hast das
getan, was alle tun. Den bequemen Weg gehen.
Das nehmen, was das Leben gibt. Angepaßt und
funktionierend. Das ist in Ordnung, wenn man
dabei glücklich ist, oder sich glücklich fühlt, aber
du warst doch nie damit glücklich. Richtig?<<
Ich versuchte mich zu erinnern, ob ich jemals
glücklich gewesen war in meinem bisherigen
Leben vor diesen Tagen und ich glaube nicht. Das
Glück, was ich jetzt fühlte, wenn ich morgens den
Gesang der Vögel hörte und als ich mit Susanne im
Park im Regen tanzte, das Glück, wenn ich das
Gefühl hatte, daß der Baum mir zuhörte; ein
solches Glück hatte ich vorher nicht gekannt. Oft
hatte ich geglaubt, glücklich zu sein. Wenn ich
erfolgreich war, gutes Geld verdiente, während der
Zeit mit Andrea und mit anderen Frauen davor.
Aber jetzt, wo ich in den letzten Tagen ein ganz
anderes Glück kennengelernt hatte, das Glück
einfach am Leben zu sein, die Welt zu genießen,
und Teil der großen Seele zu sein, wußte ich, daß
ich immer nur geglaubt hatte glücklich zu sein,
weil für mich die Bedeutung von Glück eine
andere war als jetzt.
>>Stimmt, jetzt wo ich weiß, was Glück ist, weiß
ich, daß ich niemals glücklich war. Nicht
richtig.<<
Wir sahen auf die Alster, wo die weißen
Segelboote, die Schiffe der Alster-Flotte, die Enten
und die Schwäne unter der strahlenden Sonne ein
herrliches Bild abgaben. Inmitten der Großstadt
empfand man hier eine wunderbare Ruhe.
>>Wenn ich nicht mehr hier bin, diese Stelle
werde ich sehr vermissen.<< Britta lächelte. >> Du

denkst also, daß du bald nicht mehr hier bist?<<
>>Ja.<< Mir wurde erst in dem Moment als sie das
fragte, richtig bewußt, was ich da gerade gesagt
hatte.
Dann erzählte ich Britta von Susannes Anruf.
>>Tom, fahr los, worauf wartest du noch? Hast du
immer noch vor etwas Angst? Angst vor der
Liebe? Angst vor dem Lieben? Vor dem geliebt
werden?<< >>Nein, davor habe ich keine
Angst.<< >>Aber?<< >>Die Angst, die ich habe,
ist eine komische. Ich habe Angst vor dem
Zeitpunkt, an dem die Sehnsucht nicht mehr da
ist.<<
>>Thomas!<< Ich zuckte zusammen, als sie mich
bei meinem vollen Vornamen nannte, denn das
kam nur ganz selten vor.
>>Wenn die Sehnsucht keine Erfüllung findet, ist
sie auch irgendwann weg. Die Liebe ist immer ein
Wagnis, aber das was man gewinnen kann, das was
man gewinnen wird, auf jeden Fall gewinnen wird,
übertrifft das, was man verlieren könnte, bei
weitem.<<
>>Britta, Helmut hat aber doch recht, wenn er sagt,
daß wir uns erst ein paar Tage kennen und die
besonderen Umstände, unter denen wir uns
getroffen haben...<< Sie ließ mich nicht ausreden.
>>Tom, was fühlst du? Liebe?<<
Sie beantwortete die Frage selbst. >>Ja, Liebe.
Welche Rolle spielt Zeit, wenn man liebt? Gar
keine! Und so wie ihr euch getroffen habt, euer
Schutzengel und all das, ist es da nicht so, daß ihr
euch einfach treffen solltet? Wenn ich jemals das
Gefühl hatte, daß zwei füreinander vorbestimmt
sind, dann bei euch. Auch wenn ich Susanne nicht
kenne, das was ich von dir gehört habe und so wie

alles passiert ist, das kann nur Bestimmung sein. Eure Lebenswege sollten sich kreuzen, mußten sich kreuzen und so haben sie es getan.<<
>>Ja, ich denke das ja auch, aber ich brauchte diese Bestätigung von dir. Wir sind so lange befreundet, es gibt keinen Menschen, der mich besser kennt als du und niemanden, dem ich so blind vertrauen kann wie dir.<< Darauf fiel Britta mir um den Hals und drückte mich so heftig, daß ich fürchtete, keine Luft mehr zu bekommen.
>>Danke für deine Freundschaft,<< sagte sie, als sie sich wieder von mir gelöst hatte und ich hatte ein komisches Gefühl, weil ich glaubte, daß ich ihr viel mehr zu danken hatte. >>Britta, ich habe dir wohl viel mehr zu danken.<< Sie schüttelte den Kopf. >>
>>Freundschaft ist genauso wunderbar wie die Liebe und es kommt nicht darauf an, was oder wieviel man für einen Freund tut oder getan hat. Ich weiß, daß du für mich, für uns, Stefan und mich, da bist, da sein wirst, wenn wir dich brauchen und auch dann wenn wir dich nicht brauchen.<<
Britta nahm meine Hand und streichelte sie.
>>Susanne ist fast ein bißchen zu beneiden.<<
>>Nur fast?<<, flachste ich. >>Na gut, nicht nur fast.<<
Ich hatte einen Kloß im Hals und das sprechen fiel mir schwer, aber ich hatte das Gefühl, daß ich es sagen mußte. >>Britta, dich liebe ich auch... ein bißchen, irgendwie...<<
Noch einmal fiel sie mir um den Hals und drückte mich erneut, bevor ich weiter sprechen konnte. Ich glaube, sie wußte, daß ich ihr als nächstes von der

Zeit erzählt hätte als ich in sie verliebt war und daß
sie es mit Absicht verhinderte.
Wahrscheinlich war es tatsächlich besser, daß das
für immer zwischen uns unausgesprochen blieb.
Bevor wir gingen verabschiedete ich mich von
meinem Freund, dem Baum, der mir jeden
Nachmittag zugehört hatte, denn ich wußte, daß
ich für einige Zeit nicht wieder kommen würde.
Bei einem Menschen würde man jetzt wohl sagen,
daß er ein lachendes und ein weinendes Auge
hatte, wie man das bei einem Baum beschreiben
kann weiß ich nicht, aber es war das Gefühl, was
ich hatte. Er schien mir gleichzeitig traurig weil ich
ging und glücklich, vielleicht weil er um den
Grund wußte, warum ich ging. Vielleicht auch aus
Freude darüber, daß er einen Menschen zum
Freund hatte. Jedenfalls hoffte ich das und ich
versprach ihm, daß ich ihn genauso in meinem
Herzen tragen würde, wie meine anderen Freunde
auch. Wie Britta, Stefan und Helmut.
Britta hatte still, fast andächtig, meiner stummen
Verabschiedung zugesehen und ich glaube, daß sie
sogar etwas mit den Tränen zu kämpfen hatte.
Ich ließ die Tränen zu. Selbst wenn ich gegen sie
hätte ankämpfen wollen, es wäre mir nicht
gelungen. >>Abschiede sind immer schwer<<,
sagte Britta und wir verließen untergehakt den
Platz, der eine so große Bedeutung für mein Leben
bekommen hatte.
>>Abschiede sind immer schwer, aber sie
beinhalten auch immer die Chance für einen neuen
Anfang und für dich hat das Neue schon
begonnen<<, ergänzte sie sich kurz darauf noch.
Abends rief ich dann Susanne an, die aber nicht zu
Hause war und so sprach ich ihr auch auf den

Anrufbeantworter. >>Ich komme übermorgen.<<
Mehr sagte ich nicht. Auch nur drei Worte.
*

Das Rot der beiden frischen Rosen in der Vase
schien mir noch leuchtender zu werden, nachdem
ich Susanne auf den Anrufbeantworter gesprochen
hatte.
Dann machte ich mich an die Arbeit und schrieb
das Erlebte der letzten beiden Tage auf,
einschließlich meines Nachmittags mit Britta.
Manchmal, wenn ich mir durchlas, was ich
geschrieben hatte, die ganze Geschichte von dem
Tag an, wo ich meinem Schutzengel begegnet bin,
fragte ich mich, was ich damit anfangen sollte,
welchen Sinn es machte, daß ich das alles
aufgeschrieben hatte.
Als ich jetzt darüber nachdachte, wurde mir
bewußt, daß auch das Aufschreiben der Geschichte
ein Teil des Prozesses war, der in mir vorging. Es
gehörte mit zu dem, was ich morgens im Park und
nachmittags an der Alster erlebte. Auch das war
Teil dessen, was die Kraft in mir wachsen ließ.
Das Wort *neue* hatte ich gestrichen, wenn ich an
die Kraft dachte und sie fühlte, denn Britta hatte
recht, als sie sagte, daß diese Kraft schon immer in
mir gewesen ist, so wie sie in jedem Menschen ist.
Es stimmte, daß ich vergessen hatte, daß sie in mir
wohnte und ich die Verbindung, die Beziehung zu
ihr im Alltag verloren hatte.
Plötzlich kam mir die Idee einen Roman aus dieser
Geschichte zu machen. Das heißt, ich wußte nicht,
ob man es einen Roman würde nennen können
oder anders. Darauf kam es ja auch nicht an. Ich
wollte ein Buch darüber schreiben.

Es war mitten in der Nacht, aber das war mir nicht bewußt und ich rief Britta an, die bereits schlief, um ihr von meiner Idee zu erzählen. Sie war begeistert von meiner Idee, fragte mich aber trotzdem, ob ich nicht hätte bis morgen warten können. Nein, das mußte jetzt raus. Sofort.
Ich merkte erst spät, daß sie verschlafen klang und fragte, ob ich sie geweckt hatte, was sie bejahte. >>Tom, es ist mitten in der Nacht.<<
>>Entschuldige bitte, aber das hatte ich nicht gemerkt.<< >>Schon gut<<, hörte ich am anderen Ende der Leitung. >>Es tut mir leid, aber ich wußte wirklich nicht, wie spät es ist und ich mußte das jetzt unbedingt los werden.<< >>Okay, ich verstehe dich ja, mach das, schreibe dein Buch. Ich finde die Idee großartig.<<
Ich wünschte ihr noch eine gute Nacht und entschuldigte mich noch einmal dafür, sie geweckt zu haben, bevor ich mich wieder an meinen Text machte. Ich las das durch, was ich bisher geschrieben hatte, korrigierte, schrieb einiges um und übertrug die ersten Seiten in den Computer, denn bis dahin hatte ich alles mit der Hand geschrieben.
Ich arbeitete daran bis es hell wurde und als ich am Morgen merkte, daß der Tag angebrochen war, fühlte ich, daß das Schreiben genauso ein Rausch war, wie der Rausch des Verliebens.
Ich war in keiner Sekunde dieser Nacht müde geworden, denn ich wurde getragen von meiner Kraft und von meiner Liebe, die viel mehr die Geschichte schrieb als ich. Jetzt verstand ich auch warum ich den Satz *Der Mensch hat nicht die Liebe erschaffen, die Liebe erschuf den Menschen* aufgeschrieben hatte. Ich hatte oft darüber

nachgedacht und war nicht darauf gekommen, was
es bedeuten sollte.
Die Liebe hat den Menschen erschaffen und sie
trägt den Menschen durchs Leben, wenn der
Mensch sie annimmt, dachte ich als ich aufhörte zu
schreiben. >>Gottes Liebe?<< fragte ich mich laut
und sah durchs Fenster zum Himmel hinauf. Kurz
darauf hörte ich eine Antwort, beziehungsweise
eine Gegenfrage und wußte nicht woher sie kam.
>>Kommt es darauf an, wessen Liebe es ist?<<

12

Susanne war gerade fertig und im Begriff zu
gehen, als es an der Tür klingelte. Sie wollte
dorthin, wo sie jeden Morgen hin ging. Nick stand
vor der Tür. Über jeden anderen hätte sie sich
gewundert, morgens um halb acht. Daß der
Schutzengel auftauchte, darüber wunderte sie sich
nicht.

Nick hielt ihr vier Rosen hin. Drei rote und eine
weiße. Susanne nahm die Rosen. >>Das Leben, die
Liebe und...<< >>Du und Tom<<, ergänzte er sie.
>>Ja, die weiße ist das Leben, die roten sind die
Liebe, Tom und ich. Warum ist keine Rose für
dich dabei?<< >>Sagen wir, ich bin Teil von
allen.<<

Susanne machte ihn darauf aufmerksam, daß sie
los wollte, er wüßte ja wohin.

>>Wenn du willst, begleite ich dich, aber mir wäre
es lieber, wenn wir nicht...<< >>Warum?<<, fiel
sie ihm ins Wort. >>Ich würde dir gern etwas
zeigen und du weißt, daß du die Sache mit deinem
Sohn anders angehen solltest.<< >>Ja, aber ich
weiß noch nicht wie und ich kann nichts anderes
tun als das, was ich jetzt mache, solange ich nichts
anderes weiß.<<

Nick dachte kurz nach. >>Okay, kommst du mit?
Ich meine, es ist in Ordnung, wenn du nicht mit
mir kommen willst.<<

Nick hatte etwas für Tom getan und auch für sie.
Jetzt hatte er um etwas gebeten und Susanne
dachte, daß sie es ihm nicht abschlagen durfte und
für den täglichen Gang um ihr Kind wenigstens
kurz zu sehen, war es jetzt zu spät.

Sie ging mit Nick, der sie in eine Straße führte, die
zu den vornehmeren Wohngegenden gehörte.

Schweigend gingen sie nebeneinander her, bis er
plötzlich stehen blieb um ihr einen Garten zu
zeigen.
>>Siehst du das?<< >>Was?<<, fragte Susanne
irritiert, weil sie nichts bestimmtes entdecken
konnte, was es hier zu sehen gab. >>Der Garten.
Ich meine den Garten. Fällt dir nichts auf?<<
>>Nein.<< >>Dieser Garten hier ist ungepflegt, im
Gegensatz zu allen anderen in dieser Straße. Alles
in dieser Straße ist sauber, gepflegt und ordentlich,
es sieht aus als würde sich jeden Tag jemand um
alles kümmern und dafür sorgen, daß alles schön
ist und mittendrin, in all der gepflegten Ordnung,
dieser hier, der so aussieht als hätte sich schon
lange niemand mehr um ihn gekümmert.<<
Es stimmte. Alles sah wild aus. Der Rasen war
nicht gemäht, wie auf den anderen Grundstücken.
Überall in den Gärten der Häuser dieser Straße gab
es gepflegte Blumenbeete. Hier wuchs dort mal
was und dann wieder da. Es war schon auffällig,
wie sehr diese Stelle hier aus der Art geschlagen
war, aber Susanne wußte immer noch nicht,
worauf Nick hinaus wollte, warum er ihr diesen
Garten zeigte. >>Ich habe diesen Garten gestern
entdeckt und mir fiel gleich auf, daß er nicht
hierher paßt und ich finde ihn viel schöner als die
Anderen hier, wo alles gleich aussieht. Die Häuser
mit ihren Gärten - hier gleicht sich alles. Es ist als
hätte man das Leben uniformiert und mittendrin ist
hier eine unangepaßte Oase, verstehst du?<< >>Ja
und Nein.<< Susanne verstand was Nick meinte,
aber sie wußte nicht, warum er ihr das jetzt zeigte.
Sie standen vor dem ungepflegten Garten und Nick
machte keine Anstalten weiterzugehen, sprach aber

plötzlich von etwas ganz anderem und seine
Stimme klang traurig.

>>Ich habe ein Problem.<< Sie war überrascht,
denn sie hatte nicht damit gerechnet, daß der
Schutzengel ein Problem haben konnte. In seinem
Gesicht sah sie das gewohnte, warme Lächeln,
aber die Traurigkeit in seiner Stimme war deutlich
genug, um ihr zu zeigen, daß er tatsächlich ein
Problem hatte.

>>Ich weiß gar nicht, wie ich das sagen soll.<<
Susanne ging weiter. >>Komm und erzähle es mir
so wie es dir in den Sinn kommt.<< Nick folgte ihr
nur zögernd. Anscheinend mochte er sich von dem
wilden Garten nicht trennen. >>Glaubst du denn,
daß ich dir bei deinem Problem helfen kann?<<
>>Nein, wahrscheinlich nicht, aber ich wüßte
niemanden, mit dem ich sonst darüber sprechen
könnte. Es ist schwierig zu erklären und nur
Thomas und du können es vielleicht wenigstens
ein bißchen verstehen. Thomas ist nicht hier, also
bleibst du.<<

Als Nick seinen Namen aussprach, erinnerte
Susanne sich an das, was Tom ihr am Tag zuvor
auf den Anrufbeantworter gesprochen hatte und sie
strahlte mit der Sonne um die Wette. >>Tom
kommt morgen!<< Nick blieb stehen. >>Wirklich?
Schön für dich... Für euch!<< Er schien überrascht
und Susanne war ein weiteres mal verblüfft. Sie
war sich sicher gewesen, daß Nick gewußt hatte,
daß Tom kommt. >>Du wußtest das nicht?<<
>>Nein, woher sollte ich das wissen?<< Eine
berechtigte Frage, dachte Susanne. Nick mochte
der Schutzengel von Tom sein, aber er steckte ja
nicht in ihm drin und konnte wohl auch nicht
hellsehen. >>Ja, woher eigentlich?! Aber zu dir, du

sagtest, da wäre ein Problem?<< >>Ja, es ist so:
Ich weiß nicht, wer ich bin.<<
Die nächste Überraschung. >>Du weißt nicht, wer
du bist?<<, wiederholte Susanne ungläubig.
>>Ja, ich habe keine Erinnerung an die Zeit bevor
ich Thomas oder Tom, wie du ihn nennst, traf. Ich
glaube, ich war auf einer Reise, einer sehr langen
Reise mit einem weit entfernten Ziel.<< Er sah in
den Himmel. >>Das ist aber das Einzige, was ich
weiß.<<
Susanne mußte lange überlegen bis sie etwas sagen
konnte. >>Dann verstehe ich auch, warum du
sagtest, daß du keinen Namen hast.<<
>>Als ich Tom traf, da geschah einfach alles was
geschehen sollte, es passierte eben. Ich glaube, das
war meine Aufgabe. Tom zu treffen und ihm
zeigen, daß es mehr als einen Weg gibt. Später als
ich dich traf, da habe ich dann schon mehr getan
als ich hätte tun sollen und weißt du warum? Weil
ich Angst habe vor dem was danach kommt. Ich
habe an euch festgehalten und halte noch an euch
fest, aus Angst davor was dann ist. Meine Aufgabe
ist beendet und nun halte ich mich wahrscheinlich
schon länger bei euch auf als ich sollte.<<
Susanne war verwirrt. Sie hatte geglaubt, daß Nick
sie nicht mehr hätte überraschen können und doch
verwirrte er sie jetzt komplett. Sie hakte sich bei
ihm ein und die Wärme, die sie immer spürte,
wenn er in der Nähe war, wurde noch größer.
Langsam fing sie sich wieder und konnte die
Gedanken ordnen. >>Was ist das für eine Reise
von der du gesprochen hast?<< >>Zu den
Sternen.<< Ganz leise war seine Stimme, fast nicht
hörbar. Wenn sie es mit einem „normalen"
Menschen zu tun gehabt hätte, hätte sie jetzt

gelacht, aber sie blieb still. Sie hatte es ja nicht mit einem normalen Menschen zu tun und selbst die Frage, ob er überhaupt ein Mensch war, hätte sie nicht mit einem unzweifelhaftem Ja beantworten können, auch wenn Nick aussah wie ein Mensch, sich wie einer kleidete, wie einer sprach und wohl auch wie einer fühlte. Sogar Angst hatte er.
>>Wenn du aber doch der Schutzengel von Tom bist, hast du dann nicht eine Aufgabe? Eine die bleibt so lange er lebt?<< >>Ich weiß ja nicht, ob ich tatsächlich sein Schutzengel bin und wahrscheinlich braucht er jetzt gar keinen mehr, also wird er mich nicht mehr brauchen.<<
>>Warum solltest du es nicht sein? Alles deutet darauf hin, daß du seiner bist und wir beide, Tom und ich, haben in Hamburg darüber gesprochen und waren uns da ganz sicher, daß du seiner bist. Wir vermuteten sogar, daß du vielleicht auch meiner bist und in gewisser Weise kann man das ja auch sagen. Du hast getan was du glaubtest tun zu sollen oder vielleicht sogar zu müssen. Ich glaube nicht, daß daran etwas verkehrt war.<<
>>Ja, nicht verkehrt...<< Nick murmelte es vor sich hin und wirkte plötzlich völlig abwesend.
>>Nick, wenn du nicht weißt wer du bist und dich an nichts von dem erinnern kannst was war bevor du Tom trafst, dann kennst du auch nicht unser beider Vorgeschichte?<< >>Nein.<<
>>Ich war mir sicher, daß du alles von uns weißt.<< Nick antwortete nicht und seine Schritte wurde immer langsamer.
>>Hast du mich gehört?<< >>Ja. Nein, ich weiß nichts von euch, von Tom nicht und von dir auch nicht.<< Er antwortete, aber er schien unendlich weit weg und sich immer weiter zu entfernen.

Außerdem bemerkte Susanne, daß sich die Wärme, die von ihm ausging, steigerte.
Ihr wurde so heiß, daß sie sich aus seinem Arm lösen mußte. Sie hatte das Gefühl, daß sie die Hitze nicht aushalten würde. Selbst nach dem sie sich von ihm gelöst hatte, war es immer noch unheimlich heiß und es wurde immer heißer.
>>Was ist los, Nick?<<, fragte sie ängstlich.
>>Dieser Garten...<< Er sprach nicht weiter. Es sah aus als wüßte er nicht genau, was er sagen wollte und suchte nach den richtigen Worten.
>>Als ich gestern diesen Garten sah, genau da, bekam ich die Angst, da wußte ich, daß ich schon zuviel getan habe.<< >>Unsinn, du hast ganz bestimmt nicht zuviel getan!<< Susannes Stimme war barscher als sie es gewollt hatte und sie erschrak selbst darüber. Bemüht leiser und sanfter sprach sie weiter. >>Du hast etwas wunderbares getan. Davon kann kein Mensch...<<, sie stockte beim Wort Mensch, >>...niemand zuviel tun.<<
>>Ja, Nein, Ja.<<
Nick sah sich nach allen Seiten um, als fühle er sich verfolgt. Auch Susanne sah sich um, konnte aber niemanden entdecken. Die Straße war vollkommen ruhig, kein Mensch war zu sehen.
>>Ich habe meine Reise unterbrochen, den Weg verloren.<< Susanne verstand ihn jetzt überhaupt nicht mehr. Daß er Angst vor der Zukunft hatte, daß es ihm Angst machte nicht zu wissen, was kommen wird, das konnte sie verstehen. Das ging wohl allen Menschen wenigstens manchmal so, warum nicht auch diesem Schutzengel, aber was er da redete von einem verlorenen Weg, einer unterbrochenen Reise und diesem Garten verstand sie nicht.

Nick hatte Tom wahrscheinlich davor bewahrt sich das Leben zu nehmen und er hatte ihn zu ihr geführt. Daran konnte doch nichts verkehrt sein. Susanne sah ihn sich genau an, aber außer daß er sich ständig nach allen Seiten umsah, war nichts weiter festzustellen, was außergewöhnlich war. Für ihn außergewöhnlich.

Für die Hitze, die nun unerträglich war, gab es bei ihm kein Anzeichen. Die Luft schien zu glühen und sie war sicher, daß es von Nick ausging, aber ihm war nichts anzumerken. Er war nicht rot und schwitzte nicht. Im Gegensatz zu ihr.

>>Ich muß weg, entschuldige.<< Mehr sagte er nicht und rannte davon. Er ging nicht weg. Er rannte davon. Plötzlich lief er los und ließ Susanne verwirrt zurück.

Es dauerte nur wenige Sekunden bis er aus ihrem Blickfeld verschwunden war. Sie wollte seinen Namen rufen, ihn zurückhalten, doch ihre Kehle war wie zugeschnürt und sie brachte keinen Ton raus. Es hätte auch keinen Sinn gemacht ihm hinterher zu laufen. Zu schnell war er verschwunden und zu überraschend passierte das. Selbst wenn sie gewollt hätte, so wie sich ihre Beine anfühlten und von der Hitze fast erdrückt, wäre ihr laufen unmöglich gewesen.

Die Hitze nahm ab und Susanne erholte sich ganz langsam. Unschlüssig stand sie an dem Platz, wo Nick sie auf so merkwürdige Weise verlassen hatte und versuchte Ordnung in ihre Gedanken zu bringen, was ihr nicht gelang. Sie wünschte sich, Tom wäre schon da und sie hätte diese unheimlichste ihrer Begegnungen mit Nick nicht allein verarbeiten müssen. >>Wie ein Geist!<< Sie

sprach die Worte laut aus, um festzustellen, ob sie
wieder sprechen konnte.
>>Mensch, Schutzengel, Geist - Was ist er?<< Sie
überlegte, ob sie Tom anrufen und mit ihm darüber
sprechen sollte, verwarf den Gedanken aber gleich
wieder. Es hätte jetzt nichts gebracht und es war
sicher besser wenn sie es ihm direkt erzählen
würde, wenn er kam. Bei diesem Gedanken stutzte
sie. Kommt er wirklich? Sie hatte sich unheimlich
gefreut über seine Ankündigung, daß er am
nächsten Tag kommen würde, aber nun bekam sie
plötzlich Zweifel. Was, wenn Tom genauso ein
Geist war wie sein Schutzengel?
Nick hatte sich gerade in Luft aufgelöst, vielleicht
passierte mit Tom dasselbe? Susanne verdrängte
den Gedanken und machte sich auf den Weg nach
Hause.
*

Die Stimme Helmuts kam von weit her.
>>Tom?<< Noch einmal. >>Tom?<< Weit weg
war er und ich beachtete ihn nicht. Ich konnte ihn
nicht beachten. Helmut, unser Steuerberater, unser
Notar und zwei weitere Männer, die meine
Geschäftsanteile kaufen wollten und ich saßen in
unserem Besprechungszimmer um einen großen
Tisch und während die Anderen über die Verträge
redeten, war ich gefangen von Bildern. Das heißt,
es waren eher Fragmente von Bildern und vor
allem Farben. Ich sah Farben, wie ich sie nie zuvor
gesehen hatte. Mit Worten kann ich die Intensität
dieser leuchtenden Farben nicht beschreiben und
inmitten dieser Farben sah ich Susanne und den
Schutzengel.
Ich sah sie nur teilweise, nie ganz. Dann wieder
überhaupt nicht. Mal wurde es ganz dunkel, dann

kamen die Farben wieder. Plötzlich, wie Blitze
während eines Gewitters. Es sah aus als spielten
sich mehrere Gewitter in einer riesigen
Geschwindigkeit vor meinen Augen ab. Mein Herz
raste und mir wurde sehr heiß, als hätte ich hohes
Fieber. Ich bekam Angst.

Anfangs glaubte ich, daß die durchgemachte Nacht
und die daraus resultierende Müdigkeit mir diese
Bilder machte, aber je länger das andauerte, desto
mehr glaubte ich, daß das etwas besonderes war,
was da in mir vorging. In mir geschah etwas
unheimliches, etwas was ich nicht begreifen
konnte.

Die Angst war so stark, daß ich normalerweise
versucht hätte mich von den Bildern und Farben
loszureißen, erst recht als Figuren vor mir zu
tanzen begannen. Manche dieser Figuren waren
zum Teil menschlich und zum Teil tierisch, andere
sahen aus als entstammten sie Science Fiction
Filmen.

Ich konnte mich aber nicht von den Bildern lösen.
Mein Inneres ging immer näher auf die
unheimliche Szenerie zu, angezogen wie von
einem Magneten. Ich hatte ein Gefühl zwischen
Todesangst und Faszination. Manche der Wesen
hatten schreckliche, furchterregende Fratzen, dann
gab es wieder freundlich lächelnde Gesichter. Sie
lächelten genauso wie mein Schutzengel gelächelt
hatte.

Die Tänze, die von den Wesen aufgeführt wurden,
sahen aus wie Kämpfe, solche Kampftänze, wie es
sie in alten südamerikanischen oder asiatischen
Kulturen gab und noch gibt. Dann schwebten
Engel über allem, solche Engel wie an
Kirchenwänden oder auf Gemälden und ich konnte

eine mir vertraute Musik hören. Die Musik, die ich gehört hatte wenn ich im Park die Kraft in mir wachsen ließ.

Am Ende sah ich meinen Schutzengel. Er rannte, er schien vor etwas davon zu laufen und ich hörte die Stimme Susannes seinen und dann meinen Namen rufen.

Es war genauso plötzlich vorbei wie es angefangen hatte und die Rufe Helmuts holten mich zurück.

>>Tom, was um Himmels Willen ist mir dir los? Du bist ja leichenblaß und vollkommen naßgeschwitzt.<< Nacheinander sah ich die fünf Männer, die mit mir am Tisch saßen, an und ich brauchte einige Zeit bis ich wieder wußte, wo ich war.

>>Ich brauche zehn Minuten frische Luft. Lassen Sie uns eine Pause machen.<<

Helmut sah mich besorgt an. >>Tom, ist mit dir alles in Ordnung? Brauchst du einen Arzt? Zehn Minuten schreie ich dich an und du reagierst überhaupt nicht.<< >>Nein, es ist okay, mir geht's gut, ich brauche keinen Arzt.<< Alle sahen mich zweifelnd an. >>Es ist wirklich okay, ich muß nur mal an die Luft und eine Zigarette rauchen. Dann können wir weiter machen.<<

Wenig später stand ich rauchend auf dem Balkon unseres Büros und sah auf die stark befahrene Straße hinab als Helmut zu mir kam. >>Tom, sei mir nicht böse, aber ich muß dich etwas fragen.<<

>>Klar, schieß los<<, antwortete ich ohne mich umzudrehen. Erst als er nichts sagte sah ich ihn an. >>Komm schon, raus mit der Sprache! >>Tom, es ist heikel einen Freund so etwas zu fragen und du weißt, daß ich dein Freund bin, auch wenn ich dich im Moment gerade nicht verstehe und um ehrlich

zu sein, nicht nur traurig bin, sondern auch wütend.<< Ich zündete mir noch eine Zigarette an. >>Kann ich verstehen. Ich glaube, wenn ich du wäre, dann würde ich mich auch nicht verstehen und wäre wohl genauso wütend.<< Helmut lächelte, aber es wirkte gequält. Man merkte ihm an, daß er sich dazu zwingen mußte. >>Also los, nun frag schon was dir auf dem Herzen liegt, sonst sind wir am jüngsten Tag noch hier.<< >>Tom, nimmst du Drogen?<<

Ich war gleichzeitig erstaunt und erschrocken. Als ich mich von der Frage einigermaßen erholt hatte, fragte ich ihn wie er darauf käme. >>Tom, eben gerade, da drin.<< Er zeigte auf den Konferenzraum, in dem unsere Berater saßen und mit den beiden Männern sprachen, die meine Anteile an dem Geschäft kaufen wollten. >>Ich habe dich laut angeschrien und du hast mich nicht gehört. Dann dieses Schwitzen, du warst leichenblaß und deine Augen sahen so komisch aus.

Dein Vorhaben, alles aufgeben zu wollen. Zuerst dachte ich ja, daß du nur wirr im Kopf bist, weil Andrea dich verlassen hat und wegen der komischen Geschichte mit dieser Frau. Wie hieß sie noch?<< >>Susanne.<< >>Susanne.<< Er wiederholte den Namen in einem etwas spöttischen Tonfall. >>Ich dachte auch daran, daß du vielleicht wieder angefangen hast zu spielen, aber eben als ich dich da so sitzen sah, völlig weggetreten, da dachte ich an Drogen und du hast das Geld...<< >>Hör auf!<<, unterbrach ich ihn. >>Hör auf, hör auf, hör auf!<< Ohne es zu wollen schrie ich ihn an. So laut, daß die Männer im Konferenzraum es hören konnten und sich zu uns umdrehten. Durchs

Fenster sah ich ihre fragenden Gesichter. >>Tom, was sollen sie...<< Wieder fiel ich ihm ins Wort. >>Mir ist es scheißegal, was sie denken. Scheißegal, verstehst du! Scheißegal!<< Helmut starrte mich mit offenem Mund an und konnte nichts sagen. >>Nein, ich nehme keine Drogen und ich spiele auch nicht wieder.<< Meine Stimme war wieder ganz ruhig und ich wollte einen Arm um die Schulter des Freundes legen, der wehrte ihn aber ab. >>Ich bin nur verliebt. Nein, ich liebe.

Ich liebe eine Frau und das Leben. Dieses Leben, das soviel mehr ist, als Papiere. Verstehst du?<< Er verstand nicht.>>Tom, du bist verrückt. Die einzige Erklärung, die es gibt. Du bist verrückt geworden.<< >>Klar, nenne es so. Wahrscheinlich stimmt das sogar. Ich bin verrückt, total verrückt. Verrückt genug um diese Papiere jenen zu überlassen, denen sie wichtig sind. Es ist gut wenn sich jemand um das Papier kümmert. Irgendwer. Du, die drinnen, die da unten<<, ich zeigte auf die Straße hinunter, >>sie alle sollen sich um die Papiere kümmern. Ich nicht mehr! Komm, gehen wir und bringen wir es zu Ende.<<
Damit gingen wir in die Besprechung zurück und den fragenden Blicken der Anderen begegneten wir beide mit einem Achselzucken. >>Alles okay<<, sagte ich und auch Helmut bestätigte, daß alles in Ordnung sei.
Es dauerte nur noch eine halbe Stunde bis alle Formalitäten soweit erledigt waren, daß mein Ausstieg aus dem alten Leben eine auch schriftlich beschlossene Sache war.

13

Alles Geschäftliche, was ich selbst noch erledigen mußte, war nun getan. Den Rest konnte ich dem Notar, dem Steuerberater und Helmut überlassen. Ich wußte zwar, daß alle für sich das Bestmögliche herausholen würden, aber ich vertraute Helmut und auch unseren Beratern so weit, daß ich mir sicher sein konnte, nicht allzu sehr übers Ohr gehauen zu werden. Außerdem sollten sie ruhig das tun, was sie für richtig hielten. Ich hatte mich von diesen Papieren verabschiedet.

Jetzt saß ich mit Britta beim Essen und erzählte ihr von der letzten Nacht als mir die Idee kam, die Geschichte von dem Schutzengel, Susanne und mir zu einem Roman zu machen, obwohl sie das ja durch meinen nächtlichen Anruf schon wußte, aber ich war so von meiner Idee begeistert, daß ich es ihr noch einmal ausführlich erzählen mußte.

Sie bestärkte mich in meinem Vorhaben, meinte aber, daß ich den tatsächlichen Begebenheiten keine Erfindungen beimischen sollte. >>Warum noch etwas dazu erfinden? Die Tatsachen sind doch schon Geschichte genug und wenn du deine Gedanken, die du aufgeschrieben hast in der Geschichte unterbringen kannst, reicht das nicht vollkommen aus?<< Ich mußte lange überlegen, um eine Antwort auf diese Frage zu finden, dann sagte ich ihr, daß ich wohl möchte, daß der eine oder andere nachher tatsächlich dieses Buch liest, wenn es fertig ist und wer will schon vom wahren Leben lesen?

Britta mußte lachen. >>Das wahre Leben ist doch viel spannender als jeder Krimi. Du triffst deinen Schutzengel und entdeckst das ganze Leben neu, du wirst selbst zum Schutzengel, als du eine

traurige Frau triffst. Eine, die so traurig ist, daß sie
den gleichen Gedanken hat wie du und von einer
Brücke springen will. Wie es aussieht, liebst du
diese Frau sogar und wenn ich mich nicht sehr
täusche liebt sie dich auch. Du entdeckst die
wunderbare Musik, die in der Welt ist und lernst
die Seele der Dinge und die eine ganz große Seele
kennen. Das ist doch alles schon spannend genug,
oder?<<
Sie wartete meine Antwort nicht ab, denn sie
wußte, daß ich wußte, daß sie recht hatte mit dem
was sie sagte.
>>Aber mach es ruhig so, wie es dir in den Sinn
kommt. Wenn du denkst, daß du es noch um
erfundene Dinge erweitern müßtest, dann ist es
sicher richtig. Vielleicht hast du ja mit dem
Schreiben deine wahre Bestimmung gefunden.<<
Der andere Grund warum ich Britta noch einmal
sprechen wollte, bevor ich zu Susanne fuhr, war
das Erlebnis vom Vormittag. Ich erzählte ihr von
dem was in mir passiert war, während wir in der
Konferenz saßen und meinem anschließenden
Streit mit Helmut, wobei ich es nicht mal Streit
nennen wollte, aber ich wußte, daß er noch
wütender als vorher auf mich war, nach meinem
Ausbruch.
>>Helmut wird sich wieder beruhigen und wenn er
ein wirklicher Freund ist, wirst du ihn auch nicht
verlieren. Wenn es anders ist, dann ist es gut, wenn
man es rechtzeitig erkennt.
Für ihn ist es eine Erklärung, daß du verrückt
geworden bist, eine einfache Erklärung für das,
was er nicht versteht.<<
Britta interessierte sich aber mehr für das Andere,
was ich erlebt hatte. Die Bilder, die Farben und der

rennende Schutzengel. Sie fragte mehrmals nach und wollte alle Einzelheiten ganz genau wissen. Was ich gesehen hatte, wie es angefangen und aufgehört hatte und wie ich mich dabei fühlte. Ich hoffte darauf, daß sie eine Erklärung oder wenigstens den Anfang eines Gedankens dazu zu hatte, doch sie konnte mir auch nicht weiterhelfen.

>>Tom, was es war und was es bedeuten soll, weiß ich auch nicht. Es ist wohl wie mit den meisten Sachen im Leben. Wahrscheinlich kannst nur du selbst die Antwort darauf finden.<<

>>Du kannst mir auch nicht sagen, was es gewesen ist? Ein Traum, eine Vision, ein... ich weiß nicht.<< >>Nein, wahrscheinlich ist es von allem etwas gewesen, aber ich weiß es nicht. Findest du es denn wichtig zu wissen was es war?<< >>Ja.<< Das schoß spontan und laut aus mir raus, weil es mir tatsächlich sehr wichtig war. Seit es passiert war, ging es mir nicht mehr aus dem Kopf.

Mir war klar, daß mir das, was ich gesehen hatte, etwas sagen sollte. Nur was?.

Der Ruf Susannes war deutlich. Das war nicht schwer zu verstehen, aber wovor rannte der Schutzengel davon und warum waren da diese Bilder in diesen unglaublichen Farben und die unheimlichen Wesen?

Daß ich irgendwann auf die Bedeutung des Ganzen kommen würde, da war ich mir sicher, nur wollte ich auch herausfinden, was da in mir vorgegangen war. Warum ich diesen Traum, die Vision, oder was auch immer es gewesen sein mag, hatte.

>>Der Einzige, der dir vielleicht etwas dazu sagen könnte, ist wahrscheinlich der Schutzengel<<, meinte Britta.

>>Glaubst du denn, daß ich ihn noch einmal treffe?<< >>Schwer zu sagen, aber ich vermute es.<<
Sie dachte nach. >>Ja. Ich denke, daß du ihn sogar bald treffen wirst. Du hast doch vor Susanne zu treffen, oder?<< >>Ja, ich werde morgen hinfahren.<< >>Ich glaube, daß du ihn bei ihr oder mit ihr treffen wirst.<<
Während sie das sagte, stellte ich fest, daß ich Angst hatte.
Alles was passiert war, war einfach geschehen und ich hatte es geschehen lassen ohne Angst davor zu haben was passieren würde. Sicher hatte ich mich gewundert über das, was in den letzten Tagen passiert war, aber ich hatte mir keine Gedanken über die Folgen meiner Handlungen gemacht und somit auch keine Angst davor gehabt, aber jetzt kam sie hoch. Jetzt merkte ich wie in meinem Kopf die Frage auftauchte, ob das wirklich alles richtig war, was ich getan hatte. Vielleicht hatte Helmut doch recht und ich war einfach nur wirr im Kopf geworden durch Andreas Weggang, durch den Schutzengel und Susanne. Ich sagte Britta, daß ich Angst hatte.
>>Es wäre nicht normal, wenn du keine hättest. Wenn sich solche Dinge ereignen, wie du sie gerade erlebst und sich das Leben auf den Kopf stellt, dann muß man Angst bekommen. Ohne Angst wird man leichtsinnig.<<
Das war ein gutes Stichwort. Leichtsinn war vielleicht genau das richtige Wort um das zu umschreiben, was ich gerade tat. >>Bin ich das nicht schon? Leichtsinnig?<< Britta schüttelte den Kopf. >>Nein, ich denke nicht.<< >>Du bist nur dabei deinem Herzen zu folgen und wenn es Liebe

ist, was du empfindest, dann ist es ganz bestimmt
das einzig Richtige. Das beinhaltet immer ein
Risiko, aber das hat nichts mit Leichtsinn zu
tun.<<
Britta hatte recht, das wußte ich, dennoch
beschäftigte mich meine Angst sehr und ich hatte
das Gefühl, daß diese Angst mit der „Vision" vom
Vormittag zu tun hatte.
>>Tom, mach dir nicht zu viele Gedanken darüber.
Mach so weiter wie in den letzten Tagen. Du hast
den Weg in dein wahres Leben beschritten. Weg
von den Papieren, wie du es Helmut gegenüber
ausgedrückt hast. Die letzten Tage haben dir
gezeigt, daß dein Leben ein anderes sein wird, sein
muß, als das was du bisher geführt hast.
Wenn man durch eine Tür geht und nicht weiß,
was einen hinter dieser Tür erwartet, dann hat man
Angst und zögert. Das ist normal und du wärst kein
Mensch wenn es nicht so wäre.<<
Britta legte ihre Hand auf meine und es tat sehr
gut, auch wenn ich in diesem Moment ahnte, daß
es für einige Zeit das letzte Gespräch mit der
langjährigen Freundin sein würde. Es war schwer
Abschied zu nehmen. Auch das war wohl ein
Grund für die Angst.
>>Auch wenn wir nicht wissen, was das heute
morgen war, was da bei dir passiert ist – eines ist
ganz sicher: Susanne wartet auf dich.<<
Wir verabschiedeten uns wie immer. Schweigend
hatten wir die Übereinkunft getroffen, keine große
Abschiedsszene zu veranstalten. Unsere
Freundschaft würde halten, egal wo wir uns
befanden, selbst wenn sie an einem Ende und ich
am anderen Ende der Welt landen sollte. Das Band
unserer Freundschaft würde nicht zerschnitten

werden können, dessen waren wir uns beide sicher
und wir wußten ja auch nicht für wie lange dieser
Abschied sein sollte. Daß es wahrscheinlich ein
Abschied für länger war ahnten wir nur.
Ein paar Stunden später lief ich durch meinen
Park. Auch hier hieß es Abschied nehmen. Hier
fiel es mir besonders schwer, schließlich hatte ich
gerade hier die besondere Kraft in mir wachsen
gefühlt. Neben der Stelle an der Alster, wo ich
meinen Schutzengel getroffen hatte, war der Park
zu einem besonderen Platz in meinem Leben
geworden. Eigentlich eine seltsame Tatsache, wo
ich einige Jahre nur wenige Minuten von ihm
entfernt wohnte und er nie eine Bedeutung für
mich hatte.
Ich war vor diesen Tagen zwar einige Male mit
Andrea hier spazieren gegangen und wir hatten an
schönen Tagen im Gras gelegen, aber diese ganz
besondere, tiefere Bedeutung hatte der Park erst
bekommen, als ich hier morgens die wunderbare
Musik vernahm. Hier hatte ich die ersten Schritte
auf meinem Weg, den ich gerade begonnen hatte,
gemacht. Wahrscheinlich kann ich sagen, daß ich
hier noch einmal geboren worden war.
Britta hatte auch recht gehabt, als sie sagte, daß ich
die Kraft nicht mehr wachsen fühlen würde. Jetzt
war es so, daß ich nicht mehr das Gefühl hatte
immer stärker zu werden. Der Zeitpunkt, wo ich
genügend innere Kraft erhalten hatte, oder ich nun
im Vollbesitz der Kraft war, die schon immer in
mir gewesen ist, dieser Zeitpunkt war nun
gekommen und deshalb war es richtig, daß ich die
nächsten Schritte auf meinem Weg machte.
Diese Erkenntnis kam mir während ich versuchte,
die Atmosphäre des Parks so aufzusaugen, daß ich

sie stets bei mir behalten könnte. Ich wußte noch
nicht, daß das nicht nötig war, denn auch zwischen
diesem Platz und mir bestand eine tiefe,
untrennbare Verbindung. Es war genauso eine
starke Verbindung wie die zu Britta, Susanne und
dem Schutzengel.

14

Nick war gerannt bis er nicht mehr konnte. Danach war er mehrere Stunden lang ziellos durch die Gegend gelaufen, bis er wieder an dem wilden Garten angekommen war, der so gar nicht in die Straße paßte. Dieser Ort zog ihn magisch an.

Es war jetzt spät in der Nacht und die meisten Häuser in der Straße waren dunkel, nur vereinzelt brannten Lichter. Auch das Haus, zu dem der verwilderte Garten gehörte, lag ganz im dunkeln. Bei Tag hatte es unbewohnt gewirkt, aber das traf auf die ganze Straße zu. Alles hier wirkte tot.

Vorsichtig stieg Nick über den kleinen Holzzaun, der den Vorgarten umgab.

Nick wußte selbst nicht, warum er jetzt hier eindrang.

Von dem Moment an, wo er am Tag zuvor zufällig oder auch nicht zufällig hier gelandet war, zog ihn dieses Haus mit seinem verwilderten, ungepflegtem Garten an.

Er vermutete, daß in dem Haus der Grund dafür verborgen war, warum er heute morgen daß Gefühl hatte davon laufen zu müssen.

Nick schlich um das Haus und spähte durch die Fenster. Wegen der Dunkelheit war nicht viel zu erkennen. Wieder spürte er diese Mischung aus flüchten wollen und der Anziehungskraft, der er sich nicht entziehen konnte.

Überrascht stellte er fest, daß eines der Fenster nicht verschlossen war. Es war nur angelehnt. Ein Fenster an der Rückseite des Hauses, die von einer hohen Hecke und dann noch an der Straße von hohen Bäumen geschützt war. Auch bei Tag war ein Einsehen dieser Stelle von außen unmöglich.

Trotzdem sah Nick sich noch einmal nach allen
Seiten um, bevor er vorsichtig das angelehnte
Fenster so weit öffnete, daß er einsteigen konnte.
Nicks Augen hatten sich schnell an die Dunkelheit
gewöhnt und er konnte gut erkennen, wo er sich
befand. Er war im Schlafzimmer des Hauses.
Im Gegensatz zu dem ungepflegten Vorgarten
wirkte hier drin alles sehr ordentlich und sauber.
Fast steril. Die Einrichtung, soweit man das
erkennen konnte, war teuer und vornehm. Das was
er sah, paßte wieder in diese Straße.
Wenn sich jemand in diesem Haus befunden hätte,
dann hätten er oder sie sich in diesem Zimmer
aufhalten müssen, aber niemand lag in dem
unberührt aussehenden Bett.
Als Nick zur Tür des Schlafzimmers kam, wartete
er eine Zeit lang bevor er sie öffnete und er bekam
das Gefühl, daß es besser wäre umzudrehen, dieses
Haus zu verlassen und wegzurennen, aber er
konnte nicht anders, er mußte vorwärts. Er war
zurückgekommen zu diesem Haus ohne es selbst
zu wollen. Das mußte seinen Grund haben.
Als Nick die Tür des Schlafzimmers öffnete,
schlug ihm ein unerträglicher, beißender Geruch
entgegen. Er mußte sich ein Taschentuch vor die
Nase halten um den Gestank so weit zu lindern,
daß er ihn aushalten konnte.
Nachdem er durch einen langen, fast leeren Flur
gegangen war, kam er in das Wohnzimmer des
Hauses, wo er den Grund für den unerträglichen
Gestank entdeckte.
Ein Mann und eine Frau saßen in ihren Sesseln und
wenn der Gestank nicht gewesen wäre, hätte man
gedacht, sie schliefen.

Nick blieb wie angewurzelt stehen und sah sich die
beiden Toten an ohne ihnen näher zu kommen. Er
mußte sich nicht davon überzeugen, daß sie tot
waren. Der Verwesungsgeruch sprach eine
deutliche Sprache.
Nachdem er die beiden Toten gesehen und sich
von dem Schock erholt hatte, verließ er das Haus
auf dem gleichen Weg, auf dem er gekommen war.
Dann ging er die Straße hinunter, stellte anhand
des Straßenschilds fest, wie die Straße hieß, suchte
sich eine Telefonzelle, rief die Notrufnummer der
Polizei an, und meldete das Auffinden der beiden
Toten. Auf die Frage wer er sei und wie sein Name
wäre, gab er die Antwort, daß er niemand sei und
keinen Namen hätte.
*

Susanne schlief in dieser Nacht kaum. Sie lag
wach im Bett und dachte abwechselnd voller
Vorfreude an das Wiedersehen mit Tom und an
Nick. Immer wieder fragte sie sich, warum er so
plötzlich davon gelaufen war und was es mit
diesem Haus und seinem Vorgarten auf sich hatte.
Irgendwann gab sie den Versuch zu schlafen auf
und ging ins Wohnzimmer, wo sie sich vor die
Vase mit den Rosen setzte.
Sie starrte die Rosen an und sie sah Bilder in
ihnen. Sie sah Tom, den Schutzengel, ihren Sohn,
ihren Mann und dessen neue Frau. Sie sah Bilder
aus der Vergangenheit, aus der Zeit vor ihrer
Krankheit, wo sie mit ihrem Mann und ihrem Kind
eine glückliche Familie gebildet hatte. Sie sah
Tom, wie er durch den Park, durch seinen Park in
Hamburg wanderte und allein zu der Musik tanzte,
die für andere nicht hörbar war und sie sah Nick,
der bis zur Erschöpfung rannte.

Es war nicht zu verstehen. Wovor rannte er davon und was sollte ihr das sagen? Sollte sie ihm helfen? Und wenn, wie?

Susanne sah von den Rosen weg und die Bilder verschwanden. Wenn sie sich dann wieder den Rosen zuwandte kamen sie wieder zurück. Sie wiederholte das und es passierte das Gleiche. Die Rosen waren wie die Kristallkugel einer Wahrsagerin, dachte sie und mußte über sich lachen bei dem Gedanken. >>Vielleicht sollte ich es mal als Wahrsagerin versuchen<<, sagte sie zu sich selbst.

Die Sorge um Nick wurde immer stärker. Etwas stimmte mit ihm nicht, nur was? Wie sollte sie das wissen oder herausfinden? Wenn sie die Rosen ansah, sah sie ihn nur davon laufen und das hatte sie am vergangenen Morgen selbst erlebt. Daß er nicht wußte, wer er war und daß er Angst hatte vor dem, was kommen sollte auf seinem weiteren Weg, das allein konnte es nicht sein. So wie er plötzlich davon gerannt war, mußte da noch etwas anderes sein.

Dritter Teil – Liebe ist

15

Müde saß ich in meinem Auto und war unterwegs
nach Frankfurt, unterwegs zu Susanne. Ich mußte
mich beherrschen um nicht zu schnell zu fahren,
denn ich konnte es kaum erwarten sie wieder zu
sehen.

Obwohl ich die Nacht davor nicht geschlafen hatte,
konnte ich auch in der letzten Nacht kaum
schlafen. Immer wieder war ich aufgewacht von
den Gedanken an Susanne und den Schutzengel.
Mehrmals hatte mich auch die Erinnerung an
meine „Vision" vom Vortag gequält. Immer
wieder fragte ich mich, was das zu bedeuten hatte.
Ich hatte das Erlebnis auch aufgeschrieben, in der
Hoffnung, daß mir das Klarheit verschaffen würde
und mit der Absicht es später in dem entstehenden
Roman zu verwenden. Aber auch als ich es las,
kam ich nicht darauf, was mir diese Vision hatte
sagen wollen.

Auch jetzt während der Fahrt dachte ich immer
wieder an die Bilder zurück. Ich erinnerte mich,
daß ich mal gehört oder gelesen hatte von Leuten,
die dem Tod nahe waren und sich an solche
erstaunlichen, unwirklichen Farben erinnern
konnten. Solche Farben wie ich am Tag zuvor
gesehen hatte, die ich im Leben nie zuvor gesehen
hatte, müssen das gewesen sein, wenn ich die
Beschreibungen, die ich gehört oder gelesen hatte,
richtig verstand.

Ja, das könnte passen, dachte ich, denn als ich
mich an die unheimlichen Wesen erinnerte, wurde
mir der Zusammenhang mit dem Tod klar. Es
konnte nur in irgendeiner Weise mit Tod und

Sterben zusammen hängen. Vielleicht waren die Wesen so etwas wie Sinnbilder für Himmel und Hölle.

Ich selbst war aber nicht dem Tode nahe gewesen, also mußte es sich auf jemand anderen beziehen. Mein erster Gedanke galt voller Schrecken Susanne, aber das verwarf ich gleich wieder. Susanne war gerade erst dem Tod aus dem Weg gegangen und das im Grunde gleich zwei mal. Das konnte nicht sein. Übrig blieb der Schutzengel und das paßte auch besser, denn er war es ja, der offenbar vor etwas davon rannte.

Das laute Piepen meines Mobiltelefons signalisierte den Eingang einer SMS und riß mich aus meinen Gedanken. Vor Schreck wäre ich fast bei meinem Vordermann aufgefahren.

Die Nachricht kam von Britta. *Euer wahrer Schutzengel ist die Liebe,* las ich auf dem Display. *Alles Liebe, ich drücke euch die Daumen,* hatte sie dann noch darunter gesetzt. Es dauerte eine Weile bis ich glaubte zu verstehen, was Britta mir damit sagen wollte. Der den ich für meinen Schutzengel hielt, war keiner.

Ich vermutete, daß Britta auch noch einmal über das, was ich ihr erzählte hatte, nachgedacht hatte und das war nun ihr Ergebnis. Sie glaubte, daß meine Vision mir signalisieren sollte, daß der Schutzengel nur ein ganz normaler Sterblicher war und der wahre Schutzengel jemand anders, beziehungsweise *etwas* anderes war. Wer war dann aber der vermeintliche Schutzengel?

Ich war ungefähr drei Stunden gefahren und machte an der nächsten Raststätte eine Pause um etwas zu essen. Bevor ich ausstieg, nahm ich die Rose in die Hand, die ich mitgenommen hatte und

die auf dem Beifahrersitz lag. Als ich die Rose
ansah erkannte ich deutlich Susannes Gesicht.
*

Susanne hatte an diesem Morgen wieder in dem
Hauseingang gestanden und auf ihren Sohn
gewartet. Als sie ihn sah, wie er aus dem
Hauseingang kam, gefolgt von ihrem Mann und
dessen neuer Freundin, fiel es ihr wie immer
schwer nicht einfach auf ihn zu zulaufen und ihn in
den Arm zu nehmen, aber Nick hatte recht. So ein
Überfall war sicher nicht das Richtige, weder für
ihren Sohn, noch für sie selbst.
Susanne hatte Nick außer an dem Tag, als er sich
von selbst zeigte und sie zurückhielt, hier nicht
gesehen, aber immer seine Anwesenheit gefühlt.
Heute war er nicht da und im Zusammenhang mit
seinem gestrigen Verhalten machte ihr das Sorgen
und deshalb hatte sie ihn gesucht.
Zuerst war sie eine Weile vergeblich durch die
Straßen in der Nähe der neuen Wohnung ihres
Mannes gelaufen, dann war sie zu dem Haus
gegangen, wo er ihr am Vortag den verwilderten
Vorgarten gezeigt hatte und später davon gerannt
war.
Als Susanne zu dem Haus kam, sah sie daß das
Haus von der Polizei abgesperrt war und ein reges
Treiben dort herrschte. Von Nick war nichts zu
sehen gewesen.
Die Anwesenheit der Polizei bei dem Haus
verstärkte ihre Sorge um Nick. Etwas mußte
passiert sein und sie bat Gott darum, daß ihm
nichts zugestoßen sei. Sie wunderte sich über sich
selbst als sie das tat. Die Bitte hatte sie mechanisch
ausgesprochen und danach hatte sie den Herrn im
Himmel um Verzeihung gebeten, dafür daß sie an

seine Existenz nie geglaubt hatte und auch jetzt
noch zweifelte.
Einem Schutzengel wie ihm kann nichts
zugestoßen sein, hatte sie sich schließlich versucht
zu beruhigen, bevor sie in ihre Wohnung
zurückgekehrt war.
Hier starrte sie wieder, wie in der schlaflosen
letzten Nacht, in die Rosen und hoffte, daß sie ihr
eine Antwort geben könnten, was mit Nick los war
und was letzte Nacht in dem Haus passiert war.
In den Rosen sah sie jedoch nur Tom.
Die Antwort kam schließlich aus dem Radio, das
die Meldung brachte, daß man zwei Tote
aufgefunden hatte. Die Polizei ging von einem
Doppelselbstmord aus, berichtete aber von einem
merkwürdigen, anonymen Anrufer, welcher der
Polizei den Hinweis auf das Haus mit den beiden
Toten gegeben hatte. Der Sprecher im Radio
berichtete, daß der Anrufer auf die Frage wer er
sei, geantwortet hatte, daß er niemand sei und
keinen Namen hätte. Als Susanne das hörte, wußte
sie daß dieser Anrufer nur Nick gewesen sein
konnte.
Sie war erleichtert. Er hatte die beiden Toten
gefunden und ihm selbst war nichts zugestoßen,
doch wo war er jetzt?
Noch ungefähr drei Stunden bis zu Toms Ankunft.
Susanne strahlte. Tom würde kommen und Nick
war nichts passiert.
Am Tag zuvor hatte sie Post vom Anwalt ihres
Mannes bekommen und sie hatte sie bis jetzt noch
nicht geöffnet. Sie wußte welchen Inhalt die Post
hatte und erst jetzt fühlte sie sich stark genug sie zu
öffnen.

Susanne las die Mitteilung vom Einreichen der
Scheidung und alles was dazu gehörte. Komisch
wie trocken sich das liest, wenn etwas auf
juristischem Weg beendet werden soll, was einmal
Liebe war, dachte sie. Danach griff sie zum
Telefon, rief ihren Mann auf seinem Mobiltelefon
an und teilte ihm kurz und bestimmt mit, daß sie
morgen ihren Sohn besuchen würde. Sie ließ ihm
nicht die Chance etwas zu antworten und legte
wieder auf. Die Rosen lächelten sie an, das hieß
Nick und Tom lächelten sie durch die Rosen an.
>>Ja, das ist der richtige Weg<<, sagte sie laut und
lächelte zurück.
*

Nick sah aus sicherer Entfernung den letzten
Polizisten zu, die das Haus verließen, in dem er in
der Nacht die beiden Toten gefunden hatte. Das
Lächeln, das sonst auf seinem Gesicht lag, war
verschwunden. Um Hilfe suchend sah er zum
Himmel, aber von dort kam nichts.
Nick war sicher, daß er zu diesem Haus gerufen
worden war, weil seine Hilfe gebraucht wurde.
Seine Aufgabe als Schutzengel sollte er hier
erfüllen, aber als er das erste Mal hier war, hatte er
es nicht erkannt und beim zweiten Mal war er
davon gelaufen. Beim dritten Mal, in der letzten
Nacht, war es zu spät. Er hatte versagt. >>Was
hätte ich tun sollen?<<, fragte er in den Himmel,
der stumm blieb. >>Wo ich doch nicht einmal
weiß, wer ich bin und was ich bin? Wenn ich ein
Schutzengel bin, dann bin ich wohl kein guter.
Herr im Himmel, hilf mir.<< Der Herr im Himmel
gab weiterhin keine Antwort, so sehr Nick auch
darauf hoffte. Langsam entfernte er sich von
diesem Ort und Tränen liefen ihm übers Gesicht.

16

Je näher ich Frankfurt kam, desto unruhiger wurde ich. Die Aussicht auf das Wiedersehen mit Susanne machte mich nervös. Die Gefühle vermischten sich. Da war zum einen die Vorfreude darauf, daß sich die Sehnsucht, die ich hatte, erfüllen würde, aber ich merkte auch die Angst. Die Angst, daß ich auf dem falschen Weg war und die Angst, daß Susanne doch nicht das Gleiche empfand, was ich fühlte. Dazu kam, daß ich immer wieder an Nick denken mußte und ich merkte einen Schmerz in mir, den ich mir nicht erklären konnte. Es war als würde ich tief in mir drin weinen und ich wußte nicht warum. Ich ahnte nur, daß es etwas mit dem Schutzengel zu tun hatte. Britta hatte gesagt, daß sie glaubte, daß ich ihn schon bald wiedersehen würde, nämlich hier in Frankfurt bei Susanne.

Ich hoffte, daß es so war, damit sich meine Sorge um ihn als unbegründet erweisen konnte und weil ich endlich wissen wollte, wer und was er wirklich war.

Wenige Kilometer vor Frankfurt hielt ich noch einmal an, stieg aus dem Wagen, nahm die Rose und mein Notebook, auf das ich meinen angefangenen Roman überspielt hatte und suchte mir einen Platz in einem Waldstück, wo ich den lieben Gott um Hilfe und Schutz für den Schutzengel, für Susanne, für Britta, Stefan und Helmut bat.

Zum ersten Mal in meinem Leben tat ich das mit voller Überzeugung und mit einem ganz festen Glauben, daran daß er die mir etwas bedeutenden Menschen tatsächlich beschützen würde.

Von irgendwoher kam wenig später eine Stimme
zu mir, die mich fragte, was denn mit mir selbst
wäre, warum ich nicht auch für mich um den
Schutz und die Hilfe gebeten hatte. Ich kann nicht
sagen, ob diese Stimme von außen kam oder aus
meinem Inneren. Die Stimme hatte recht, also bat
ich Gott darum, daß er auch mich beschützen
möge.
Dann schrieb ich noch ein bißchen an dem Roman
weiter und langsam wurde ich ruhiger.
Die Nervosität vor dem Wiedersehen mit Susanne,
die Ängste, die ich hatte und die Sorge um den
Schutzengel gerieten während ich schrieb in den
Hintergrund und die Stimme kam noch einmal
wieder und sagte mir, daß ich auf dem richtigen
Weg sei.
>>Du läßt dich von der Liebe leiten. Dann ist jeder
Weg richtig, den du gehst<<, sagte die Stimme zu
mir. Anschließend hörte ich die herrliche Musik
wieder, und ich fühlte mich zurück versetzt in
meinen Park in Hamburg. Da wußte ich, daß ich
mit dem Herzen den Park, den Platz, wo ich
gelernt hatte, die wunderbare Musik zu hören, die
in der Welt ist, nicht verlassen hatte und
umgekehrt; der Park wohnte in meinem Herzen
und ich wohnte im Herzen des Parks. Jetzt wußte
ich, daß ich dabei war ein Teil der einen, großen
Seele zu werden. Ich wurde eins mit der Welt in
diesen Tagen.
*

Susanne wurde immer nervöser, abwechselnd sah
sie zu Uhr und zum Fenster. Sie rechnete jeden
Moment mit Toms Ankunft und so sehr sie sich
auf ihn freute, genauso hatte sie Angst vor dem
Wiedersehen. Der Gedanke, daß in dem Moment

wo er vor ihr stehen würde, die Gefühle sich doch
als anders entpuppen könnten, als sie bisher
geglaubt hatte, war ihr gekommen.
Sie verwarf das wieder und schob diese Gedanken
auf die Nervosität vor dem Wiedersehen.
Das Warten auf Tom hatte sie auch von Nick
abgelenkt, doch jetzt wo Toms Ankunft
unmittelbar bevorstand, mußte sie wieder an Nick
denken und sie machte sich weiterhin Sorgen um
ihn.
Es hatte sie zwar beruhigt, als sie in den
Nachrichten von den beiden aufgefundenen
Selbstmördern gehört hatte, aber offensichtlich war
Nick es, der sie gefunden hatte und nachdem er sie
gefunden und die Polizei verständigt hatte, war er
geflüchtet.
Wie und warum hatte er sie gefunden, warum war
er zu dem Haus zurückgekehrt und in es
eingedrungen in der Nacht? Nick litt in diesem
Augenblick. Das konnte Susanne fühlen. Ein
Grund mehr Toms Anwesenheit nicht mehr
erwarten zu können.
Sie sah nach den Rosen. >>Rosen und Thomas
Rose. Nein, es gibt keine Zufälle in diesem
Leben.<< Sie sagte das laut zu sich selbst als es an
der Tür klingelte.

17

Es dauerte nur Sekunden bis die Tür geöffnet wurde nachdem ich geklingelt hatte. Susanne fiel mir so stürmisch um den Hals, daß sie mich fast umgeworfen hätte. Minutenlang umarmten und küßten wir uns auf der Türschwelle. Als wir uns in den Armen lagen und unser beider Sehnsucht endlich ihre Erfüllung gefunden hatte, waren alle Ängste, alle Sorgen und alle Nervosität vor diesem Wiedersehen schlagartig verschwunden. >>Liebe ist, Liebe wird sein.<<

Wir sprachen diese Worte gemeinsam, fast vollständig synchron und mußten darüber lachen. Susanne zog mich, zerrte mich geradezu in die Wohnung und dann in ihr Schlafzimmer. Ohne daß wir noch ein weiteres Wort miteinander sprachen schliefen wir miteinander.

Den ganzen Nachmittag verbrachten wir in ihrem Bett ohne miteinander zu reden. Wir küßten uns, liebten uns, schmusten miteinander und vergaßen den Rest der Welt.

Es dauerte bestimmt fünf Stunden bis Susanne etwas sprach. Ich wäre wohl bis zum nächsten Morgen stumm geblieben. >>Endlich. Ich merke erst jetzt wie sehr ich auf dich gewartet habe.<< Nachdem wir uns dann wieder lange geküßt hatten, sprach sie weiter. >>Tom, bitte verzeih mir, daß ich einfach so ging.<< Ich lachte sie an. >>Längst vergessen. Außerdem weiß ich ja, daß du gehen mußtest.<< Sie sagte leise >>Danke<< und nachdem wir uns noch einmal geliebt hatten zogen wir uns an und Susanne lud mich zum Essen ein. Als wir in dem Restaurant saßen und auf das Essen warteten sagte Susanne: >>Tom, ich muß dir von Nick erzählen.<< >>Nick?<<, antwortete ich.

>>Ja, das weißt du ja noch nicht. Dein
Schutzengel. Er heißt Nick. Nein, er sagte, daß er
keinen Namen hat, aber Nick würde ihm gefallen
und deshalb nennt er sich jetzt Nick.<< Susanne
forschte in meinem Gesicht nach Spuren von
Überraschung, doch was sie da erzählte,
überraschte mich überhaupt nicht. Er war also hier,
wie Britta vermutet hatte und ich hatte während der
Fahrt nach Frankfurt immer mehr die Überzeugung
gewonnen, daß es tatsächlich so war. Nicht nur
weil Britta fast immer recht hatte, sondern auch
weil ich seine Anwesenheit gespürt hatte, je näher
ich der Stadt kam. Auch jetzt fühlte ich seine Nähe
so deutlich, daß es mich nicht einmal überrascht
hätte, wenn er zur Tür des Restaurants rein
gekommen wäre und sich an unseren Tisch gesetzt
hätte. >>Er ist also hier. Das hatte ich mir schon
gedacht.<<
Susanne war ein wenig enttäuscht, daß sie mich
nicht hatte überraschen können.
>>Verbindungen<<, sagte ich nachdenklich.
>>Außerdem ist es nach allem fast logisch, daß er
hier ist.<<
Der Kellner brachte unser Essen. Bevor wir zu
essen anfingen, küßten wir uns über den Tisch
hinweg. Am Nebentisch beobachteten das Leute,
aber es interessierte mich nicht, was die Leute
dachten. Nicht mehr. Auch das war ein Effekt der
letzten Tage gewesen. Was andere Leute dachten
und was *man* macht und nicht macht spielte für
mich keine Rolle mehr. Ich hatte beschlossen das
Sei einfach du selbst, egal was sie denken zu einem
meiner Lebensprinzipen zu machen. Wenn *man*
sich in einem Restaurant in der Öffentlichkeit nicht
quer über den Tisch küßte, war mir das egal. Mir

war danach und deshalb tat ich es jetzt. Außerdem
hatten Susanne und ich uns diesen Kuß - und noch
viele mehr - nach dem langen Warten verdient.
Während des Essens erzählte mir Susanne dann
von den Begegnungen mit Nick. Mich interessierte
natürlich besonders das Gespräch, das sie mit ihm
über Gott und Glauben geführt hatte, denn ich war
ja selbst dabei darüber nachzudenken und
schließlich hatte ich in den vergangenen Tagen
mehrmals mit Gott, von dem ich nicht mehr wußte,
ob ich an ihn glaubte oder nicht, Zwiesprache
gehalten.
>>Wenn er nicht weiß, wer er ist und sich an
nichts erinnern kann von dem was war bevor er
uns traf, wie kann er dann solche Antworten
geben?<< >>Das habe ich mich gestern auch
gefragt. Es klang alles sehr wissend, sehr weise,
was er sagte und er ist sehr überzeugend wenn er
spricht.<<
Kurz kam mir der Gedanke, daß der
Doppelselbstmord vielleicht kein Selbstmord war
und Nick mehr damit zu tun hatte als nur die
Tatsache, daß er die beiden Toten gefunden hatte,
jedoch verwarf ich den Gedanken schnell wieder.
Wenn es so gewesen wäre, dann hätte er sicher
nicht die Polizei angerufen und daß er nicht auf sie
gewartet hatte, war angesichts seiner Situation zu
verstehen. Wie hätte er ihnen erklären sollen wer
er war, wenn er es doch selbst nicht wußte.
Mir wurde durch Susannes Erzählung klar, was
meine Vision am Tag zuvor bedeutet hatte. Ich
hatte meine Vision zur selben Zeit als Nick von
dem Haus davon gerannt war. Als ich Susanne
davon erzählte, wunderte sie das nicht. Zu klar war
ihr, wie auch mir, inzwischen geworden, wie tief

die Verbindungen zwischen uns waren. Meine zum
Schutzengel, ihre zum Schutzengel und unsere
untereinander. >>Tom, meinst du, daß wir ihn
noch einmal treffen werden?<< >>Ich weiß es
nicht, aber ich hoffe es. Ich würde gerne wissen,
was es mit diesen beiden Selbstmördern auf sich
hat.<< Nach dem Essen gingen wir noch spazieren.
Susanne hatte bewußt ein Restaurant ausgesucht,
in dessen Nähe sich ein Park befand, der meinem
in Hamburg ähnlich war.
Es war ein angenehm warmer, trockener
Spätsommerabend und wir hatten keinen Regen,
der uns das Orchester machte, aber wir tanzten
auch hier wieder, denn wir hörten beide die Musik
auch ohne den Regen. Ich war glücklich.
Wahnsinnig glücklich. Worte für so ein
Glücksgefühl kann man wahrscheinlich nicht
finden. Alles wäre zu gering um es so zu
beschreiben wie es wirklich war. Plötzlich brach
Susanne den Tanz ab. >>Tom, ich bin so glücklich,
so froh, daß du da bist. Ich habe so sehr auf dich
gewartet – auch wenn ich mich lange nicht getraut
hatte nach dir zu rufen.<< Sie unterbrach sich und
ich fühlte, daß da ein „aber..." war. Ich küßte sie
und bat sie weiter zu sprechen. >>Mein Mann und
Kevin, mein Sohn...<< Ich legte meinen Arm um
sie und wir machten uns auf den Weg zurück. Ich
wartete darauf, daß sie den angefangenen Satz
vollenden würde.
Als es mir schien, daß sie es nicht mehr tun würde,
sprach ich.
>>Susanne, ich bin hier, weil ich dich liebe. Ich
bin nicht nur in dich verliebt, ich liebe dich
wirklich. Es ist zwar komisch nach dieser kurzen
Zeit, aber spätestens seit ich heute morgen losfuhr

um zu dir zu kommen, bin ich mir sicher, daß du
die Frau bist auf die ich gewartet habe.<< Sie blieb
stehen, sah mir einen Augenblick in die Augen und
umarmte mich dann. Lange blieben wir in unserer
Umarmung stehen, ihr Kopf ruhte an meiner
Schulter und ich strich ihr übers Haar. >>Ich weiß,
daß du noch einiges vor dir hast und ich möchte dir
dabei helfen. Wenn du es willst, weiche ich dir
nicht mehr von der Seite und stehe dir bei, was
immer auch passieren wird.<<
>>Danke.<< Susanne flüsterte es sehr leise und es
war ihr anzumerken, daß sie durch mein offenes
und schwerwiegendes Bekenntnis etwas
verunsichert war. >>Laß uns unser Beisammensein
erst einmal einfach genießen<<, sagte ich ihr,
worauf sie mir einen bestätigenden langen Kuß gab
und wenig später lagen wir im Bett und taten
genau das; unser Beisammensein genießen.
Manchmal schien es mir als wollten wir in dieser
einen Nacht alle Nächte nachholen, die wir
ausgelassen hatten seit Susanne in Hamburg
gegangen war.
*

Seit er die beiden Toten gefunden hatte, quälte es
den Schutzengel. Er war bei diesem Haus gelandet,
weil er helfen sollte und er hatte es nicht erkannt.
Davon war er überzeugt. Ein Schutzengel, der das
was er auf Erden tun soll schlecht machte, war
keiner. Nick war ein Schutzengel der versagt hatte
oder er war überhaupt keiner.
Traurig darüber nachdenkend saß er auf einer
Wiese und starrte in den wolkenverhangenen
Himmel. Der Himmel hatte sich seiner Stimmung
angepaßt. Verzweifelt flehte er wieder den lieben
Gott an, wie er es schon seit dem Moment getan

hatte als er die Polizei anrief nachdem er die
beiden Toten fand. Gott antwortete immer noch
nicht.

Nick dachte an das Gespräch mit Susanne und
überlegte, daß er ihr gesagt hatte, daß sie Gott nur
in ihrem Herzen finden kann und was tat er nun?
Er flehte zum Himmel, dahin wo die meisten
Menschen Gott vermuten, wo er doch wußte oder
zu wissen schien, daß er da nicht zu finden war.
>>Warum bist du traurig?<< Eine Kinderstimme
riß ihn aus seinen Gedanken. Ein ungefähr zehn
Jahre altes Mädchen stand vor ihm. Sie hatte schon
länger dagestanden und so versunken wie er war
hatte er sie nicht bemerkt. Nick merkte erst jetzt,
daß er wieder zu weinen angefangen hatte.
>>Ich bin traurig weil...<<, fing er an und brach
ab, denn er wußte nicht wie er es dem kleinen
Mädchen erklären sollte.
Die Kleine sah ihn mit großen und
erwartungsvollen Augen an und als er in diese
Augen sah, wußte er, daß er ihr etwas erzählen
mußte. Kinder sind die einzig wahren Engel,
dachte Nick.
>>Wie heißt du?<< >>Sarah.<< Nick suchte nach
den richtigen Worten. >>Willst du mir nicht sagen,
warum du traurig bist?<< Sarah sah ihn ungeduldig
an. >>Doch. Ich muß nur überlegen, wie ich es dir
sage, damit du es auch richtig verstehst.<<
>>Mein Papa sagt, daß Jungs und Männer nicht
weinen.<< Nick mußte lachen. >>Doch, sie weinen
alle, die meisten bloß immer nur heimlich.<<
>>Dann lügt mein Papa?<< >>Nein.<< >>Das
verstehe ich nicht.<< Natürlich konnte sie das
nicht verstehen. Wenn ihr Vater sagte, daß sie
nicht weinen und ich ihr sage, daß sie doch

weinen, dann muß sie jetzt denken, daß einer von uns lügt, dachte Nick. >>Ich bin traurig weil ich etwas hätte tun sollen und es nicht getan habe.<< >>Warum hast du es dann nicht getan?<< >>Weil ich nicht wußte, daß ich es hätte tun müssen.<< Sarah überlegte kurz und sagte: >>Dann brauchst du doch nicht traurig sein. Du kannst doch nichts dafür, daß du es nicht gewußt hast.<< Die Logik des Mädchens beeindruckte Nick und sie hatte vielleicht recht.

Sarah gab Nick eine Blume, die sie von der Wiese gepflückt hatte. >>Für mich?<< >>Ja, das ist eine Zauberblume. Für den, der sie hat, geht ein ganz toller Wunsch in Erfüllung.<< Nick nahm die Blume und bedankte sich. >>Ich bin jetzt auch gar nicht mehr traurig und das hast du allein geschafft.<< Sarah wurde von ihrer Mutter gerufen. >>Sarah, glaubst du an Engel?<< >>Klar gibt es Engel<<, antwortete sie lachend. >>Und Gott?<< >>Ich weiß nicht. Mein Papa sagt, Gott gibt es nicht, aber er sagt auch, daß Jungs und Männer nicht weinen und du hast geweint.

Der Schutzengel konnte jetzt wieder richtig lachen. >>Sarah, bitte glaube mir, daß dein Papa nicht gelogen hat. Er hat sich nur geirrt, das ist etwas anderes - und jetzt lauf zu deiner Mama. Die ruft schon die ganze Zeit nach dir.<<

Das Mädchen lief zu seiner Mutter. Nick betrachtete die Zauberblume und dachte, daß er nun auch einen Schutzengel hatte. Die Blume erinnerte ihn an Susanne und Tom, die er für eine Weile vergessen hatte.

Das kleine Mädchen hatte ihm mit ihrer Idee, daß er ja nichts falsch gemacht hatte, weil er nicht wissen konnte, was das Richtige gewesen wäre,

zwar weitergeholfen, aber ganz war er noch nicht
davon überzeugt. Jetzt wo er die Zauberblume
ansah und an Susanne und Tom denken mußte,
hatte er das Gefühl, daß es ihm am meisten helfen
würde aus seiner Krise zu kommen, wenn er sie
noch einmal wiedersehen und mit ihnen sprechen
würde.
Vielleicht reicht auch das Wiedersehen allein
schon, dachte Nick als er die Wiese und die große
Traurigkeit verließ.

18

Susanne und ich hatten den ganzen Vormittag faul im Bett verbracht und uns von der langen Nacht erholt. Am Nachmittag waren wir gemeinsam zur neuen Wohnung ihres Mannes gefahren um ihren Sohn zu besuchen.

Vier Monate waren es, die Kevin seine Mutter nicht gesehen hatte und anfangs war Susanne ihm etwas fremd vorgekommen, aber die Beziehung zwischen einer Mutter und einem Kind ist etwas, was nie verloren geht und das Erkennen und Wiederkehren des Vertrauens ging sehr schnell und ich bin mir sicher, daß Kevin genauso glücklich war wie Susanne, als er seine Mutter wiedersah.

Die beiden Frauen hatten zuerst ein paar giftige Blicke getauscht und sich dann gegenseitig ignoriert, während ich Susannes Mann mit mehr Verachtung strafte als ich gewollt hatte.

Ich konnte nicht anders. Ich konnte nicht verstehen und akzeptieren, daß er seine Frau zu einem Zeitpunkt allein gelassen hatte, an dem Susanne alle Nähe und alle Liebe gebraucht hatte, die möglich war.

Als ich merkte, daß die Atmosphäre von so einer Spannung erfüllt war, daß die Luft zu explodieren drohte, nahm ich Kerstin, die neue Frau an der Seite von Susannes Mann und Kevin mit auf einen Spaziergang, damit Susanne und ihr Mann allein reden konnten.

In dem Gespräch hatten sie sich geeinigt, daß Kevin erst einmal bei seinem Vater bleiben würde und Susanne ihn jederzeit besuchen konnte. Es würde aber einen Streit um das Sorgerecht geben.

Auf dem Rückweg vom Besuch bei Kevin hatten
wir einen Umweg gemacht und Susanne zeigte mir
einen weiteren Park, der ähnlich angelegt war, wie
meiner in Hamburg. Sie erzählte mir, daß sie hier
allein im Regen getanzt hatte, nach ihrem
Gespräch mit Nick, bevor sie mich dann anrief und
mich bat zu kommen.
>>Hier habe ich dich gespürt als wärst du da.<<
>>Ich war da.<< Mehr antwortete ich darauf nicht.
Wir gingen noch ein Stück Hand in Hand
schweigend durch den Park bevor wir uns auf den
Rückweg machten.
Schon länger hatte mich die Frage beschäftigt, wie
es gekommen war, daß Susannes Mann ihren Sohn
mitgenommen hatte. Es war für mich schwer
vorstellbar, daß sie nicht um ihren Sohn gekämpft
hatte, aber ich traute mich nicht richtig sie danach
zu fragen.
Susanne antwortete von selbst, vielleicht erriet sie
meine Gedanken. >>Damals, als ich krank wurde,
hatte ich nicht die Kraft um meinen Sohn...<< Sie
zögerte. >>...Und auch um meinen Mann zu
kämpfen. Auch nach der Operation und der
Nachbehandlung und allem was dazu gehört, hatte
ich so sehr mit meiner Psyche zu kämpfen, daß ich
selbst daran glaubte, was mein Mann wohl dachte
und vielleicht auch immer noch denkt, nämlich,
daß es für Kevin nicht gut wäre, bei mir zu sein.<<
>>Ich glaube nicht, daß du dich für etwas
rechtfertigen mußt<<, antwortete ich, als ich in
ihren Augen zu lesen glaubte, daß sie das Gefühl
hatte, sich entschuldigen zu müssen.
*

Wir waren fast bei Susannes Wohnung
angekommen, als uns der Schutzengel entgegen
kam.

Für mich, der ihn erst zum zweiten Mal traf, war es
eine Überraschung ihn zu sehen, im Gegensatz zu
Susanne, die es schon gewohnt war, daß Nick
plötzlich und wie aus heiterem Himmel auftauchte.
Sie löste sich aus meinem Arm und fiel ihm
stürmisch um den Hals. Diese Art der Begrüßung
überraschte sowohl mich als auch ihn, was ich
daran merkte, daß er mich wie um Hilfe suchend
ansah. Ich zuckte die Schultern und lächelte ihm
aufmunternd zu.

>>Ich freue mich so, dich zu sehen <<, sagte
Susanne als sie sich von ihm gelöst hatte und gab
ihm einen Kuß auf die Wange. Ich stand daneben
und fühlte mich etwas unsicher, fast ein wenig fehl
am Platz. Mir fiel auf, daß das Lächeln im Gesicht
des Schutzengels schwächer geworden war. Auch
seine Aura, die Wärme, die von ihm ausgegangen
war hatte abgenommen. Für mich war es eine
komische Situation. Nick, der mein Schutzengel
war und Susanne, die Frau, die ich liebte, waren
inzwischen miteinander vertraut wie alte Freunde,
während ich selbst ihn erst zum zweiten Mal sah
und immer noch nicht wußte, was ich von ihm
halten sollte. Erst als ich tief in mir drin die dunkle
Stimme hörte, die neuerdings manchmal zu mir
sprach, löste sich die Anspannung in mir.
>>Vertraue!<< Nur dieses eine Wort sprach die
Stimme. Nick sah mich lange an und sagte: >>Du
siehst glücklich aus, mein Freund<<, dann sah er
Susanne an und anschließend wieder mich. >>Du
bist glücklich mein Freund!<< Immer mehr kehrte

das Lächeln, was verloren gegangen schien, in sein
Gesicht zurück.
Er hatte recht, ich war glücklich. Glücklich mit mir
selbst, glücklich über das, was ich hinter mir
gelassen hatte und glücklich bei Susanne zu sein.
Vor allen Dingen hatte ich das Gefühl, daß ich
wirklich lebte. Es mußte viele Jahre her sein, daß
ich mich so lebendig fühlte. So viele Jahre, daß ich
mich daran nicht mehr erinnern konnte. Das war
neben Susanne mein größtes Glück.
Ich fühlte mich lebendig und es gab eine Frau, die
ich wirklich liebte. Ein größeres Glück konnte ich
mir nicht vorstellen.
Ich sah Susanne kurz an, küßte sie und fiel dann
dem Schutzengel um den Hals wie es Susanne
vorher getan hatte. Wir umarmten uns lange und
ich flüsterte ihm >>Danke<< ins Ohr. Ich wollte es
lauter sprechen, aber es gelang mir nicht. Ich
konnte nur flüstern.
Während wir uns umarmten konnte ich seine Aura,
die Wärme, die er ausstrahlte, wieder so spüren,
wie bei unserer ersten Begegnung, als ich sie gar
nicht so bewußt wahrgenommen hatte.
Erst als Susanne mir davon erzählte, was sie
gefühlt und wie sie ihn empfunden hatte, bei dem
Treffen in der Spielhalle, hatte ich mich daran
erinnern können, daß es mir genauso ging, als er
mich an der Alster „gerettet" hatte.
Wir nahmen Nick mit in Susannes Wohnung. Sie
erzählte ihm, daß sie im Radio von dem
Doppelselbstmord gehört hatte und daß sie
annahm, daß Nick es gewesen sei, der die Polizei
anrief und das Auffinden der beiden Toten
meldete, was er bestätigte. Dann erzählte er uns

wie es ihn zu diesem Haus zurück gezogen hatte
und wie er in das Haus eingedrungen war.
Als er geendet hatte, fragte ich warum er denn
weggelaufen sei. >>Wie sollte ich meine
Anwesenheit erklären? Und wie sollte ich erklären,
wer ich bin. Ich kann keinen Namen nennen,
besitze keine Papiere und erinnern kann ich mich
auch an nichts.<< >>Klar, ein Mann ohne Name
und ohne Vergangenheit. Das kann niemand
verstehen und die Polizei dürfte so etwas auch gar
nicht verstehen wollen, aber ich meinte das andere
Weglaufen, als du mit Susanne bei diesem Haus
warst.
>>Ich weiß es nicht<<, antwortete er nachdem er
lange überlegt hatte. >>Mir war sehr unwohl in
dem Moment, sehr heiß und ich hatte das Gefühl,
ich würde verfolgt.<<
Susanne warf ein, daß ihr auch so heiß gewesen
war, aber bei Nick nichts bemerkt hatte, was darauf
hingewiesen hätte, daß es ihm genauso ging. Der
Schutzengel zuckte die Schultern. >>Das kann ich
euch auch nicht erklären. Ich friere sehr schnell
aber Hitze macht mir nichts aus<<
>>Weiter!<<, drängte ich ihn und schrieb in
Gedanken an meinem Buch. >>Ich glaube, daß ich
vor mir selbst weglief, so wie es die meisten
Menschen sehr oft machen.<< >>Die meisten
Menschen...<<, wiederholte ich einen Teil des
Satzes. >>Dann bist du also doch ein Mensch?<<
Nick lachte und fragte mich dasselbe, was er
Susanne schon einmal gefragt hatte. >>Wenn du
mich ansiehst – was siehst du dann? Doch sicher
einen Menschen, oder?<< Meine Antwort kam
zögerlich. >>Ja, aber...<< Er unterbrach mich.
>>Ich weiß, ich weiß, dieses Aber. Mehr kann ich

dir nicht sagen. Es ist so. Ich weiß wirklich nicht wer ich bin.<<

Wir sahen alle drei auf die Blume, die Nick in der Hand hielt. >>Was ist das für eine Blume?<<, fragte Susanne. >>Eine Zauberblume. Ein Geschenk von meinem Schutzengel.<< Wir sahen ihn beide fragend an. >>Ja, ich habe auch einen Schutzengel.<<

Die Blume schien sich zu verändern. Es war eine kleine Blume, die offensichtlich von einer Wiese gepflückt worden war und sie hatte kümmerlich ausgesehen, als klagte sie darüber, daß man sie ihrer Heimat entrissen hatte. Nun schien sie größer zu werden und zu leuchten. Es war als blühte sie wieder auf. Je länger ich sie ansah, desto größer wurde sie und ich sah ähnliche Farben, wie ich sie während meiner Vision gesehen hatte.

>>Seit ich die beiden Toten gefunden hatte, plagte mich der Gedanke, daß ich versagt hatte. Es hatte mich zu diesem Haus geführt um zu helfen und ich habe es nicht erkannt.<< >>Es?<< Ich mußte ihn unterbrechen. >>Das Schicksal, Gott, mein Weg. Ich weiß es nicht, finde es aber auch nicht wichtig, was es war. *Es* eben!<< >>Und nun glaubst du es nicht mehr?<< Susanne fragte, während ich meinen Blick nicht von der Blume abwenden konnte, die sich immer mehr veränderte. >>Nein. Heute morgen habe ich ein kleines Mädchen getroffen, jenes Mädchen, das mir diese Blume geschenkt hat. Er hielt sie uns entgegen und ich schrak regelrecht etwas zurück. Ich fragte mich, ob Nick und Susanne, die Veränderung der Blume auch bemerkt hatten, aber keiner von beiden äußerte sich dazu. >>Deinen Schutzengel.?<<

>>Ja.<< Nicks Lächeln hatte längst wieder die
Form angenommen, die ich kannte. Jetzt strahlte
er. >>Ich habe mit diesem Mädchen gesprochen
und durch sie habe ich festgestellt, daß ich es wohl
gar nicht wissen konnte, daß ich hätte helfen
sollen.<< Nick machte eine kurze Pause.
Susanne zündete sich eine Zigarette an und hatte
auch Nick eine angeboten, die dieser jedoch heftig
lachend ablehnte. Ich verstand sein Lachen nicht
und bemerkte, daß Susanne ihm zuzwinkerte.
Beide sahen meinen fragenden Blick, klärten mich
aber nicht auf.
>>Hast du mal darüber nachgedacht, daß du nicht
der Schutzengel dieser Leute, die du gefunden
hast, warst?<< Nicks Zauberblume veränderte sich
nicht mehr und ich hatte meine Sprache
wiedergefunden.
>>Ja, ich glaube das ist so. Wenn ich wirklich ein
Schutzengel bin, dann bin ich deiner, aber nicht der
dieser Leute.<< Ich fühlte Susannes warme Hand
auf meiner liegen. >>Du hast vielleicht einfach nur
gemerkt, daß da etwas nicht stimmte, weil du eben
ein Schutzengel bist, aber da du nicht ihrer warst,
konntest du ihnen wohl nicht helfen<<, entwickelte
Susanne den Gedanken weiter.
>>Ja, vermutlich<<, antwortete Nick und sah auf
die Blume. Sie hatte sich gewaltig verändert, doch
weder er, noch Susanne schienen das zu bemerken.
>>Also hat nicht jeder Mensch einen
Schutzengel.<< Dieser Schluß schien mir logisch.
>>Doch!<< Nicks Antwort war bestimmt. >>Aber
wo war ihrer?<< Er schüttelte den Kopf. >>Das
kann ich nicht sagen. Es war wohl an der Zeit für
sie.<< Seine Antwort irritierte mich. >>Ja?<<
>>Wissen kann ich das nicht<<, sagte Nick, >>nur

vermuten, aber ich glaube, wir sollten darüber gar
nicht nachdenken.<<
>>Unser wahrer Schutzengel ist die Liebe.<< Der
Satz, den Britta mir aufs Mobiltelefon gesendet
hatte, kam mir in den Sinn und ich hatte ihn laut
ausgesprochen ohne es zu wollen.
Susanne sah erst mich, dann Nick an. Der dachte
kurz über diesen Satz nach, dann sagte er: >>Ja,
ich glaube, daß das stimmt. Die Liebe und der
Glaube sind unser aller oberste Schutzengel.<<
>>Der Glaube an Gott?<<, fragte ich ihn und er
sagte: >>Es muß nicht der Glaube an Gott sein.
Der Glaube an sich ist es, der schützt und
beschützt. Ob an Gott, an einen selbst, an einen
geliebten Menschen oder auch an die Kinder.
Darauf kommt es nicht an. Wenn du mit Liebe an
etwas glaubst und dich von deiner Liebe leiten
läßt, dann ist der Glaube ein sehr guter
Schutzengel. Nach der Liebe der Zweitbeste..<<
>>In den letzten Tagen spricht manchmal jemand
oder etwas zu mir. Ich weiß nicht woher die
Stimme kommt und ich dachte manchmal, daß es
Gott ist, der zu mir spricht.<< Es mußte raus aus
mir, weil es mich beschäftigte, seit ich die Stimme
zum ersten Mal gehört hatte. Nick sah mich lange
an und ich rechnete schon nicht mehr damit, daß er
etwas dazu sagen würde, als er dann doch noch
sprach. >>Es könnte sein. Vielleicht ist es aber
auch dein Herz, das da spricht, dessen Stimme du
hörst.<< Susanne ergänzte ihn. >>Möglich, daß da
gar kein so großer Unterschied ist zwischen
deinem Herz und dem was wir Gott nennen.<<
Nick hatte auch noch etwas sagen wollen, hatte
aber abgebrochen als Susanne sprach.

>>Was wolltest du noch sagen?<<, fragte ich ihn deshalb. >>In etwa das Gleiche.<< Er tippte sich mit dem Zeigefinger an die Stelle wo das Herz sitzt und sagte: >>Da drin wohnt alles. Gott, die Liebe und die Antworten auf alle wichtigen Fragen.<< Sein Blick ging in die Richtung, wo Susannes Hand auf meiner lag und immer wärmer wurde. Auch der Druck ihrer Hand hatte sich verstärkt und mein Bedürfnis sie zu küssen wurde immer größer, doch ich konnte es nicht tun, solange Nick noch anwesend war – oder glaubte es nicht zu können. >>Du hast keinen Namen. Wie kamst du denn auf Nick?<< Ich fragte das mehr um mich von dem Bedürfnis abzulenken, als daß es mich wirklich interessiert hätte. >>Ich hatte diesen Namen irgendwo gelesen und er fiel mir gerade ein als Susanne mich fragte, wer ich sei. Der Name gefällt mir, aber was bedeutet für mich schon ein Name?<< Die Frage beinhaltete die Antwort und galt niemandem. Der Schutzengel brauchte wohl wirklich keinen Namen. >>Warum fragst du?<< >>Nur so<<, antwortete ich, was nicht der Wahrheit entsprach und Nick war anzusehen, daß er mir nicht glaubte, aber er sagte nichts weiter dazu. Wieder sah er auf unsere Hände und sagte: >>Liebe ist.<<
Ich sah Susanne an und auf ihrem Gesicht lag genau so ein Lächeln, wie es auf Nicks Gesicht war und wenn ich mich in einem Spiegel gesehen hätte, dann hätte ich gesehen, daß auch mein Gesicht von diesem Lächeln erfüllt war.
>>Ihr möchtet euch küssen, macht ruhig.<< Wir sahen ihn an und er nickte uns aufmunternd zu. >>Betrachtet es als einen Befehl<<, sagte er lachend und wir taten wie uns geheißen.

Lange und intensiv hatten wir uns geküßt. Als wir
uns wieder voneinander lösen konnten, war Nick
weg. Auf dem Stuhl, auf dem er gesessen hatte lag
eine rote Rose und ein Zettel:
Alle Blumen sind Zauberblumen, so wie alle
Lebewesen einen ganz bestimmten, ganz eigenen
Zauber haben. Rosen haben aber einen ganz
besonderen Zauber. Irgendwann werden wir uns
wiedersehen. Bis dahin hält das Band aus Rosen
uns zusammen. LIEBE IST
Susanne hatte mir vorgelesen, was auf dem Zettel
stand und sah mich an fragend an. Eine einzelne
Träne lief ihr über die Wange.
>>Was er hier zu tun hatte; was er bei *uns* zu tun
hatte, ist vollbracht<<, sagte ich. >>Zeit für ihn
weiter zu reisen - zu den Sternen.<<

EPILOG

Vier Wochen nachdem der Schutzengel Susanne
und Tom verlassen hatte, hatten sie dreifachen
Grund zu feiern. Susanne feierte ihren vierzigsten
Geburtstag, Tom hatte sein Buch zu Ende
geschrieben und Susannes Mann hatte sich bereit
erklärt, freiwillig auf das Sorgerecht für Kevin zu
verzichten, so daß es keinen Streit darum geben
würde.
Susanne und Tom hatten inzwischen auch ihre
erste Krise überstanden, auf deren Höhepunkt Tom
zurück nach Hamburg gefahren war, aber zwei
Tage später kehrte er zu ihr zurück.
Sie waren zur Feier des Tages in einem Gospel-
Konzert in einer Kirche.
Nach dem Konzert hatte sie ein Mann von
ungefähr siebzig Jahren, der ebenfalls in dem
Konzert war angesprochen: >>Je älter man wird,
desto weniger fürchtet man sich. Vor dem Tod und
vor allem anderen. Selbst die Liebe hat ihren
Schrecken verloren.<<
Jetzt gingen sie Hand in Hand auf dem Weg
zurück durch einen Waldweg und bemerkten nicht,
daß sie von einem Mann beobachtet wurden.
Hätten sie ihn bemerkt, wäre ihnen eine große
Ähnlichkeit mit Nick aufgefallen.
Der Herbst hatte begonnen und es war ein kühler
Abend mit einem klaren Himmel.
Als Tom hinauf sah konnte er zwischen den
leuchtenden Sternen das lächelnde Gesicht Nicks
sehen. >>Er ist angekommen!<< >>Wer?<<,
fragte Susanne. >>Wer ist angekommen?<<
>>Nick. Er ist bei den Sternen angekommen.<<
Auch Susanne sah zum Himmel hinauf und konnte